02

# Halt, Polizei!

## Dein Freund und Erpel

COMIC COLLECTION
EGMONT

## Inhalt

# Oma mischt mit

**Nino Russo** (Story), **Alessia Martusciello** (Zeichnungen)

Weshalb du seit Ewigkeiten keinen Urlaub mehr gemacht hast, richtig?
Na ja, nicht ganz! Ich glaube, vor dreißig Jahren war ich für einen halben Tag auf der Bauernmesse.
Ich lade dich jedenfalls ein, wann immer du willst, zu mir zu kommen, um ein paar Tage zu entspannen!
Gerne! Sobald ich Zeit dafür finde!
Die Gute! Ich weiß jetzt schon, dass sie ihren Hof nie allein lassen wird!
VROOMM
Gaga!
Wieder zu Hause in der Stadt...
Aha! Wie ich sehe, hat Donald brav für die Pflanzen gesorgt und die Post hereingeholt, während ich Ferien auf dem Bauernhof gemacht habe.
ROMS

Nanu? Was ist das? Eine Einladung der Stadt Entenhausen, sich zu bewerben?
Die Gemeinde sucht zehn neue Polizistinnen! Wenn das nicht wie geschaffen ist für mich!
Wenn dann meine Nachbarin, die Nervensäge, wieder verbotenerweise Baumschnitt direkt an meinem Gartenzaun verbrennt...
...zack! Knöllchen.
Ein Scherz! Nein, ich achte die Gesetze und will helfen, dass sie eingehalten werden!
50
VROOOM
QUIETSCH
PFIIIIET
Ups? Gilt das mir?

Zu schnell? Tut mir leid! Ich bin gerade auf dem Weg zur Bewerbung als Polizistin!
Aha! Eine künftige Kollegin.
Ja! Ich will mich für den Respekt vor dem Gesetz einsetzen!
Fein! Dann respektieren Sie doch gleich einmal das hier!
BUSSGELD
Und so was schimpft sich Kollegin.
LUXUS
Apropos! Schnell jetzt! Der Andrang wird sicher groß sein!
314
ROAARRR
O ja!
Ach herrje! Hier geht es schlimmer zu als beim Sommerschlussverkauf!

Warum möchten Sie Polizistin werden?
Da ist man immer an der frischen Luft und kann hier und da ein Schwätzchen halten!
Seufz!
Da sagen Sie was! Ich habe übrigens gehört, bla…
Liebe Leute.
Es folgt eine erste Auswahl auf der Basis von Fragen aus dem Bereich Psychologie und Allgemeinwissen...
Der höchste Berg der Welt? Soll ich da etwa hoch?
– – –
Geld von Bekannten verlangen? Nein, das könnte ich nicht.
Man muss Sie also nur kennen, und schon kassiert man kein Knöllchen?
Wo der Eiffelturm steht? Jedenfalls nicht bei uns in Entenhausen.
Piep.
Ich verabscheue Gewalt! Ist das angekommen, Kumpel?
Unmissverständlich!
ICH MICH

Nach weiteren Herausforder-derungen findet sich Daisy in der Endauswahl wieder...
Es folgt noch eine letzte theoretische Prüfung in kategorischer Knöllchen-kunde. Die zehn führenden Damen treten hernach den praktischen Polizeidienst an!
Und Daisy gehört dazu!
Gratuliere! Nun müssen Sie natürlich die Probezeit bestehen. Das ist der schwierigste Teil!
Danke! Das schaffen wir schon!
Nehmen Sie es nicht zu leicht! Sie wissen nie, wann Sie geprüft werden! Jederzeit können Sie einem unserer Beamten in Verkleidung gegenüber-stehen!
Oh!
Damit habe ich ehrlich gesagt nicht gerechnet. Ob meine Nerven für so etwas gemacht sind?

Wer weiß, vielleicht ist dieser harmlose alte Herr in Wirklichkeit ein knallharter Prüfer?
?
Oder der Knabe hier? Fast zu stylish, um echt zu sein, finde ich.
!
Pah! Ich gehe erst mal nach Hause und mache Pause, jawohl!
Und...
Da kommt noch was auf mich zu.
DING DONG
Oma?
Hier bin ich! Da staunst du, wie?
Bäääh!

Und mit Billy.
Du weißt doch, wir sind unzertrenn-lich. Aber keine Sorge, er schläft im Garten!
Bähä!
Jahrelang habe ich sie bekniet, und ausgerechnet jetzt knickt sie ein und nimmt die Einladung an!
Du hast dich also freimachen können?
Ja! Die Jahreszeit ist günstig. Und Franz hat versprochen, das Nötigste auf dem Hof zu tun!
Ich freue mich, dass du hier bist! Aber ich muss tagsüber weg zur Arbeit.
Ach? Du arbeitest? Als was denn?
Tja...
Als Polizistin? Das ist doch gefährlich!
Vielleicht, Oma.

Aber wenn jeder so denken würde wie du, gäbe es überhaupt keine Polizisten!
Versteh mich. Ich sorge mich um dich, Daisy.
Trotzdem hast du natürlich recht…
Danke!
Und daher werde ich Seite an Seite mit dir Jagd auf die bösen Buben machen!
Was?
Wir gehen gemeinsam auf Streife! Du und ich und Billy!
Bitte, Oma, das ist kein Spiel und ich bin kein Baby mehr! Ich muss mich ganz allein bewähren!
Buhuuu! Undankbares Kind! Da besucht man dich unter Mühen und ist dann nicht mal willkommen!
Bähäääh!
Also gut! Ich gebe mich geschlagen! Aber haltet Abstand zu mir!

Daher...
Das ist peinlich, um das Mindeste zu sagen.
Pssst! Hallo, Daisy!
Kommt dir die junge Dame nicht auch verdächtig vor?
Nein! Die kenne ich. Sie arbeitet bei der Bank.
Na und? Ich bin in meinem langen Leben so manchen Banditen in Banken begegnet.
Vergiss es, Oma.
Hehe!
M-meine Handtasche!
GRAPSCH
**Halt!** Stehen bleiben, im Namen des Gesetzes!
BUS
Billy, fass!

Ächz! Schnauf! Ich fürchte, ich bin nicht recht in Form!
Bäääh!
SAUS
Autsch!
POCK

Bravo! Ist mein Billy nicht der Beste?
Aber die Polizistin hier bin ich, Oma!
Bi-bitte schafft mir diese Bestie vom Hals!
Bäh.

Darf so eine Ziege überhaupt frei herumlaufen?
Stell dir vor, das darf sie. Im Gegensatz zu dir!
Den hätte **ich** festnehmen müssen!
Hast du aber nicht. Und hättest du auch nicht, ohne Billy!
Bäh.
Sei doch ein bisschen dankbar!
Na gut! Für dieses Mal! Aber in Zukunft haltet ihr beide euch aus allem heraus!
Gleichzeitig...
Zurück! Ich mache jetzt die Biege, und das Bürschchen kommt mit!
**Mama!**
Nein!
BANK
VON ENTENHAUSEN
Brav bleiben, dann passiert auch keinem was!
Ein Überfall! Und der Ganove ist bewaffnet!
**Iiieks!**
**Mein Junge!**
**Hilfe!**

BANK
VON ENTENHAUSEN
Nehmen Sie mich im Tausch!
Eine Polizistin? Ich setz mir doch nicht selber die Laus in den Pelz!
Mama!
Finn-Lukas!
Her mit der Gehhilfe!
?

In jungen Jahren war ich ein Ass im Stöckchenschlagen!
WIRBEL
POCK

Volltreffer!
KLOPS
Uack!
?!

Was für ein Auge!
Das kann sich tatsächlich noch sehen lassen.
KLATSCH KLATSCH
Danke, Oma!
Was für ein Glück!
Blibb.
Da zahlt sich aus, dass ich anno dazumal ein paar Übungsstunden genommen habe bei Ludwig Lupfer!*
Eher er bei dir, wie ich dich kenne.
KLICK
*Berühmter Hockeyspieler aus Entenhausen.
Später...
Puh! Was für eine Hitze. Ich brauche eine kleine Erfrischung.
IMBISS
Hier, Daisykind! Ein kühler Fruchtsaft und ein köstliches Törtchen!
Bitte, Oma! Das ist lieb, aber im Dienst trinke ich nicht!
Bäh!
GETRÄNKE
EIS

**Unfug!** Ein Fruchtsaft ist kein Blubberlutsch, und Flüssigkeit muss sein!
GLUCK
Aber die Vorschriften! Am Ende werde ich wegen dir nicht übernommen!
**Haltet den Dieb!**
HAUPT-STRASSE
Der haut mit meinem neuen Motorrad ab!
ROOAAAR
Der ist über alle Berge!
Ja, das glaubt er sicher!

Aber den hole ich von seinem hohen Ross. Zu Pferde!
Wiiihi!
Endlich darf ich mal zeigen, was ich kann!
Komm mit!
Oha!
GALOPPEL GALOPP
Oma! Ich bin in der Probezeit!
Umso wichtiger ist es, dass wir den Dieb erwischen!
Wiii!
Und das werden wir, weil wir mit dem Pferd im Vorteil sind!
Ächz.
WUPP
Weia!
Diese Abkürzung beispiels-weise schafft man nicht auf Rädern!
GALOPP GALOPP
Verflixte Kiste! Ich stecke im Stau fest!
ZENTRUM

Vorsicht, Oma!
Keine Sorge! So haben wir in meinen frühen Jahren die wilden Kälbchen zu Fall gebracht!
Eine fliegende Oma? Was ist bloß aus dieser Welt geworden?
HOPP
HOPS
Seufz! Es hilft nichts! Ich muss ihr helfen!
Das. Ist. Kein. Insekt.
KLATSCH
Geschafft! Aber sag, was machst du da, Daisy?
Ich kontrolliere, ob das Gefährt nicht breiter ist als erlaubt.

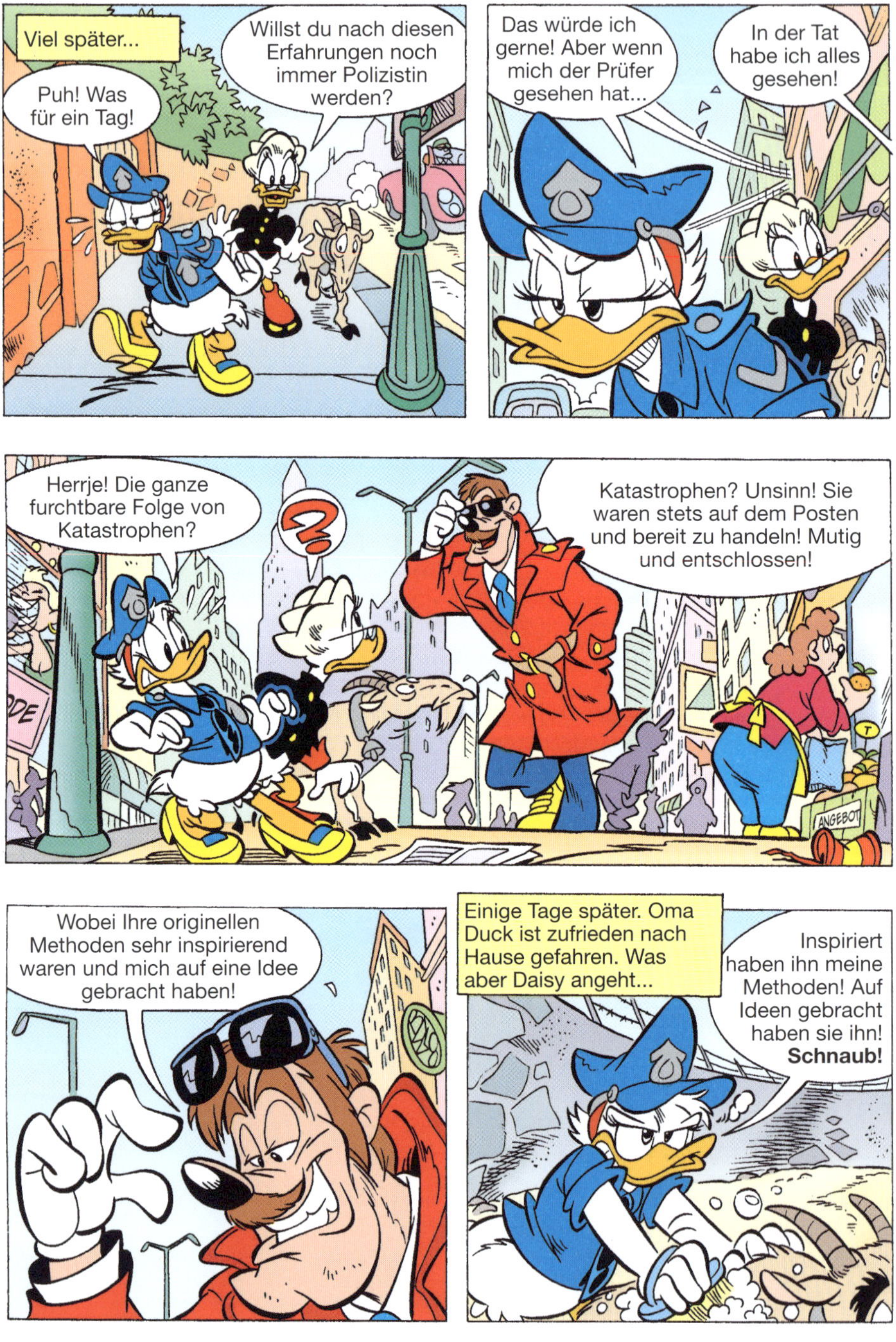
Viel später...
Puh! Was für ein Tag!
Willst du nach diesen Erfahrungen noch immer Polizistin werden?
Das würde ich gerne! Aber wenn mich der Prüfer gesehen hat...
In der Tat habe ich alles gesehen!
Herrje! Die ganze furchtbare Folge von Katastrophen?
?
Katastrophen? Unsinn! Sie waren stets auf dem Posten und bereit zu handeln! Mutig und entschlossen!
ANGEBOT
Wobei Ihre originellen Methoden sehr inspirierend waren und mich auf eine Idee gebracht haben!
Einige Tage später. Oma Duck ist zufrieden nach Hause gefahren. Was aber Daisy angeht...
Inspiriert haben ihn meine Methoden! Auf Ideen gebracht haben sie ihn! **Schnaub!**

Jede von uns hat eine Dienstziege zugeteilt bekommen, und wir müssen Stöckchen schlagen lernen und reiten!
Das ist alles deine Schuld!
Wo ist hier die Bremse?
GALOPP GALOPPEL
Bääääh!
Bäbä!
POCK
Eiweia!

Mich tröstet nur der Gedanke, dass Oma ganz bestimmt nicht so bald wieder nach Entenhausen kommen wird, um unser Revier aufzumischen.
Und du bist wirklich sicher, dass du wieder ein paar Tage ohne mich zurechtkommst, Franz?
Absolut sicher, Frau Großmutter! Gehen Sie nur Frau Daisy helfen! Die wird sich freuen!
ENDE

**Rudy Salvagnini** (Story), **Silvia Ziche** (Zeichnungen)

ENDE

**Riccardo Secchi** (Story), **Lara Molinari** (Zeichnungen)

Oder sagen wir in fünfzig. **Zzz...**
Ich habe ihn im Visier!
Die Beschreibung passt wie die Faust aufs Auge. Kein Zweifel möglich, Herrschaften! Das ist er!
Gut, schnappen wir ihn uns!
Wir haben keine Zeit zu verlieren!
YZ19
Langsam! Hier ist Umsicht gefragt!
Man hat uns gesagt, er gilt als etwas sperrig!
Na, ich weiß nicht.
Für mich sieht er völlig harmlos aus.
Trotzdem gehen wir kein Risiko ein! Wir werden uns klammheimlich anpirschen und den Überraschungseffekt nutzen!

Deshalb...
Kümmert euch um ihn! Ich gebe derweil dem Chef Bescheid.
Die Sache ist im Handumdrehen erledigt.
Chef? Ja, ich bin's! Wir haben ihn gefunden! Die beiden anderen überreden ihn gerade mitzukommen und...
Hnnngh!
Ungh!
Wie? Nein, keine Probleme... denke ich wenigstens.
Umpfff!
Was ist passiert? Weigert er sich?
Schwer zu sagen. Er pennt einfach weiter!
Das mit dem Überraschungseffekt ist nach hinten losgegangen.

Wir haben versucht, ihn zum Wagen zu tragen. Aber na ja...
Da dachten wir, warten wir lieber, bis Sie auch die Hände freihaben.
ZZZ...
Stöhn!
So ein Gewicht gehört verboten!
Ächz!
Ich habe euch ja gesagt, dass er als sperrig gilt!
Ja, aber so wörtlich haben wir das nicht genommen.
Wenig später...
Und wie stehen die Dinge bei euch dahinten?
Sie liegen.
Und zwar uns schwer auf dem Magen.

ZZZ...
Hört euch den an! Der hat Nerven wie Drahtseile!
YZ19
Gähn! W-wo bin ich? Was ist passiert?
Abwarten! Das werden Sie noch früh genug erfahren!
Und bald...
Willkommen, Agent Franz!
GAG
GARANTIERT
STREINER GENUSS
Hier ist er, Chef! Ganz wie bestellt!
?
?
Tja, wir brauchen dringend die Hilfe unseres besten Agenten! Die Einladung ist vielleicht ein wenig, äh... robust ausgefallen!
Ach ja?

GAG
RANTIERT
NER GENUSS
Verzeihung, Chef, aber wenn wir uns jetzt zurückziehen dürften?
Äh... sicher, gehen Sie nur! Gute Arbeit, vielen Dank!
Also dann! Achten Sie gut auf sich!
Und viel Erfolg, Kollege!
Ähem... das ist Theo Tortelone, Direktor des berühmten Tortelone-Theaters!
Wie nett.
Sie sind also, Agent Franz! Sehr erfreut.
Kennen Sie zufällig „Koteletto"?
Logisch! Ich liebe Koteletts! **Mjam!**
Verstehe, aber hierbei handelt es...
„...sich um eine Oper, die der große Tenor Brületti an meiner Bühne aufführen soll."
*Luriluaaa!*

GAG
Nun findet in zwei Tagen die Premiere statt, und wir haben noch kein einziges Mal geprobt!
Wieso denn nicht?
Jemand hat Brülettis Geheimnis entdeckt und nutzt sein Wissen, um die Aufführung zu sabotieren!
Bitte, wovon reden wir?
Von einem Geheimnis, das so geheim ist, dass ich es gar nicht verraten darf.
Er hält den Mund! Den braucht er eh zum Kauen.
Also gut. Wie jeder weiß, ist Maestro Brületti ein großer Tenor! Doch nur wenige Eingeweihte wissen...
„...dass er auch ein Marzipan-Liebhaber ist. Dem kann er nicht widerstehen!“
**Mjam! Wie lecker! Schleck!**
MARZIPAN
„Leider schläft er nach der Leckerei umgehend ein!“
**Chrah!**
Aha. Ich beginne, das Problem zu ahnen.

„Wer immer hinter das Geheimnis gekommen ist, sorgt seit Wochen dafür, dass der Nachschub an Marzipan nicht abreißt!“
Mjam!
MARZIGOLD FEINSTES MARZIPAN
BRÜLETTI
2X31
„Seitdem hat der Maestro sein Haus gar nicht und das Reich der Träume eher selten verlassen.“
Schnarch!
MARZIPAN
Wodurch Ihre Aufführung ins Wasser zu fallen droht, mit herben finanziellen Folgen vermutlich?
Sie sagen es!
„Es ist uns aber gelungen, Maestro Brületti in den Flieger Richtung Entenhausen zu verfrachten, der in einer halben Stunde hier ankommt.“
?
Z!

Und Sie brauchen einen Wächter, der dem Maestro bis zur Premiere das Marzipan vom Leib hält, habe ich recht?
Genau! Und derjenige sollte auch noch herausfinden, wer hinter der Sache steckt!
GARANT
ASTREINER
Der Auftrag ist wie gemacht für Agent Franz! Er ist unser aufgewecktester Mitarbeiter.
Wirklich?
Für jemanden, der wach ist, bewegt er sich wenig.
Ähem... verstehe. So gesehen...
D-der Eindruck täuscht.
Tut er das?
O ja! Agent Franz hat sich nur bereits ganz in den Fall vertieft! Ich kenne ihn...
ZZZ...

Wenig später...
Die Maschine ist gerade gelandet!
FLUGHAFEN
Halten Sie die Augen offen, Agent Franz! Jeder, der hier vordergründig jubelt, kann damit hinterhältige Absichten verbergen wollen!
Nichts erklären, das macht alles nur kompliziert.
BRÜLETTI BRINGT'S!
DER MAESTRO LEBE HOCH!
BRÜLETTI IST OPER!
Daaa!
Nicht drängeln!
Der Maestro!

Gehen Sie bitte weiter!
Ich fühle mich geschmeichelt!
Ein Autogramm!
Ich auch!
Willkommen, Maestro Brületti!
**Halt!** Keine Bewegung!
Ähem... der Herr mit der Sonnenbrille ist Ihr Leibwächter!
Zeigen Sie her, was Sie da haben! Ist das ein Marzipansandwich?
Aber nein! Rote Beete auf Raukensalat mit einer Remouladensauce.
Ich bin Agent der GAG! Das Sandwich ist konfisziert!
**Was?** Aber...
Tatsächlich... **mampf...** Sie haben die Wahrheit gesagt. Ich kann wirklich kein Marzipan herausschmecken. **Schmatz!**
Das ist doch die Höhe!

Und hier... **haps...** ist auch keines drin. **Mampf!** Nichts für ungut. **Schmatz!**
Er nimmt es sehr genau mit seiner Aufgabe.
Nicht lange danach erreicht man das Theater, wo man alles für den Meister bereitet hat...
THEATER TORTELONE
Dies ist Ihre Garderobe. Ich hoffe, die Umstände sind zu Ihrer Zufriedenheit.
O ja, recht hübsch, um nicht zu sagen heimelig! Womit ich vor allem diesen vertrauten Geruch meine...
...der aus dem Schrank kommt!
?
Wirklich ein erstaunliches Näschen!

Ich habe es gewusst! **Marzipan!**
**Halt!**
FEINSTES MARZIPAN
Im Namen des Gesetzes! Diese Schachtel ist konfisziert!
**Ächz!**
FEINSTES MARZIPAN
Ich werde den Inhalt einer ganz genauen Analyse unterziehen müssen! Treten Sie zurück, es könnte gefährlich werden!
Wie erwartet! Es ist meine Pflicht, das Marzipan unschädlich zu machen!
**Mampf! Schmatz! Schling!**
Seufz!
Erstklassige Arbeit, Spezialagent Franz!
Verflixt! So habe ich mir das nicht vorgestellt!

Dieser Agent ruiniert meine Pläne. Ich muss mir etwas anderes einfallen lassen!
Wenig später...
Maestro Brületti ist nahezu so weit!
Wir können in Kürze mit den Proben zu „Koteletto“ beginnen!
Wird auch Zeit!
Als namhafter Regisseur bin ich es nicht gewohnt zu warten. Ich **lasse** warten!
Ich verstehe Ihre Erregung, werter Herr Radner!
Es reicht!
Die Umstände an diesem Haus sind nicht hinnehmbar!
Ich bitte um Nachsicht, Maestro Stokschwengler!
Schnaub!

Ich hätte wirklich gute Lust, mein Engagement hinzuwerfen! **Dilettanten!**
Bitte nicht, Maestro Randali!
Künstler sind ja so empfindsam!
Da sind Sie ja, Maestro Brületti! Kann die Probe beginnen?
*Aber ja-haaa!*
Ist bei Ihnen alles in Ordnung, Agent Franz?
Ich habe ihn gefilzt und er war sauber.
SCHENKE ZUM SCHMERBAUCH
Gut, fangen wir mit der Probe an! Wir beginnen mit dem ersten Akt!

PLING
PLING
Worum geht es bei dieser Oper eigentlich, Herr Tortelone?
Oh, „Koteletto“ erzählt eine sehr ergreifende Geschichte, Agent Franz!
Der Sieg ist meiiin!
Brületti gibt König Wanstl den Ersten...
O neiiin! Mein ist der Triumph!
...der mit König Wampin dem Wulstigen im Streit liegt.
Plumper Schlumpf!
Fauler Strumpf!
Die beiden Herrscher sind sich heftig am Hauen, als mit einem Mal...

...die Glocken das Mittagsmahl einläuten!
DING DONG
ZUM SCHMERBAUCH
Wohlan, lasst uns den Kampf vergessen!
Wie klingt es fein, Zeit so zu messen!
So wollen wir zusammen essen!
SCHENKE ZUM SCHMERBAUCH
Die beiden entschließen sich zu einem gemeinsamen Mahl in der nächstbesten Schenke.
Die Geschichte ist wirklich sehr ergreifend!
Der zweite Akt geht Ihnen sicher noch mehr ans Herz! Da findet das Gelage statt!
Entschuldigen Sie bitte...
Ach?
Ich soll diese Geschenke von seinen Fans in der Garderobe von Maestro Brületti abgeben.
PRIVAT
Was?

Die Blumen können Sie schon mal reintragen, aber den Rest muss ich mir genauer ansehen. Mjam.
Hmm... ein gewöhnliches Paket. Ein Schal, würde ich dem schalen Geruch nach schätzen.
SCHNÜFFEL
?
Aber das hier könnte gefährlich werden! Das muss ich sofort unschädlich machen!
Mit einem blitzwachen Spezialagenten wie Ihnen im Haus kann ich wirklich ganz beruhigt sein!
Ich tue, was ich kann. **Schmatz! Mampf!**
**Herr Tortelone! Schnell, hierher!**
**Schmatz! Schling?**
Was ist passiert?

Hmm!
Ich wollte ihn zur Probe bitten für den zweiten Akt und fand ihn in diesem Zustand vor!
Z!
Maestro Brületti! Aufwachen!
Keine Frage für das geschulte Auge. Hier handelt es sich eindeutig um ein Verdauungs-schläfchen!
Aber wie konnte das ge-schehen?
Schnüffel! Die Blumen sind aus Marzipan! Ziemlich pfiffige Idee.
SCHNÜFFEL
O nein! Der Saboteur hat wieder zuge-schlagen!
Fantastisch! Damit ist die Probe für den zweiten Akt wohl gegessen!
Das ist doch zum Mäuse-melken!
So beruhigen Sie sich doch, bitte!
Scheint was dran zu sein. Marzipan macht tatsäch-lich müde.

Ich bin ein großer Dirigent!
Ich ein großer Sänger!
Und ich ein großer Regisseur!
Ich weiß, was Sie meinen.
Aber niemand will Ihnen Ihre wertvolle Zeit stehlen, glauben Sie mir!
Hrmpf!
Der Angriff gilt Maestro Brületti. Aber keine Bange! Ein Spezialagent hat sich bereits des Falles angenommen!
Etwa der schläfrige junge Mann dort?
ZZZ...
Trägt nicht zu unserer Beruhigung bei.
Das kann ja noch heiter werden!
Ups!
ZZZ...

**Seufz!** Wenn die Aufführung flachfällt, bin ich ruiniert!
Perfekt! Hehe! Alles läuft genau so, wie ich es geplant habe!
Einige Stunden später...
Gibt es noch irgendwelche Fragen, Agent Franz?
Nein.
Sehr schön. In dieser Szene sind Sie Komparse, damit Sie dicht bei Maestro Brületti bleiben können. Und sobald auf irgendeine Weise Marzipan ins Spiel kommen sollte, greifen Sie unverzüglich ein!
Ja.
Alles bereit? Die Probe kann beginnen!
Und so...
*Hurra! Der erste Gang ist dahaaa!*
*Wunderbaaar!*
Hmm!

Was so heftig nach Marzipan riecht, kann nur Marzipan sein.
Welch köstlich Mahl!
SCHNÜFFEL
Schmatz! Mampf!
Ähem... machen wir weiter.
O Freud! O Überschwang! Man trägt heran den zweiten Gang!
Das Warten wurde mir schon lang!
Auch Marzipan! Da werde ich wohl meiner Pflicht genügen müssen!
Schmatz! Mampf!
Und...
Die Becher hoch...
Schnarch!
Schnarch!
...es lebe der Koooooch... Nanu?

Schluss! Aus! Sinnlos! Der Komparse übertönt alles!
Diese Arbeitsbedingungen sind unzumutbar!
Schnarch!
Schnarch!
Hilfe!
Ich bin ein großer Sänger!
Ich bin ein großer Dirigent!
Ich bin ein großer Regisseur!
Schnarch!
Ich bin ein großer Marzipanfreund!
So kann es nicht weitergehen!
Bitte, wir müssen doch nur den Komparsen wegtragen, dann können wir proben! Maestro Brületti ist schließlich hellwach!

Das darf nicht wahr sein!
Schnarch!

Dann kommt der große Abend...
THEATER TORTELONE
HEUTE PREMIERE
KOTELETTO
STARBESETZUNG

Das Publikum harrt gelassen des Hörgenusses...
Wo werde ich was hören, wenn ich nichts sehe?
!
...während hinter den Kulissen durchaus eine gewisse Anspannung herrscht...
Es ist alles getan! Jetzt kann ich nur noch hoffen, dass es gut geht!
Das wird es ganz sicher nicht tun! Hehe!
BRÜLETTI
Alles in Ordnung, Maestro?
Das möchte ich an- nehmen.
BRÜL

Ist Agent Franz nicht bei Ihnen?
Aber ja doch! Ich bin hier!
Ich war eben im Begriff, die Fanpost einer näheren Betrachtung zu unterziehen.
Tüchtig! Aber nun ist es Zeit für Ihren Auftritt!
Halten Sie sich in Maestro Brülettis Nähe und seien Sie jederzeit bereit einzugreifen!
Ich könnte bereiter gar nicht sein.
GROAR
Die Oper nimmt ihren Lauf...
PLING PLING
Erster Akt...
Der Sieg ist meiiin!

Schnüff? Schnüffel!
Marzipan!
Ja, meiiiin!
Aber...
KNURPS
MAMPF
O neiiin! Meiiin ist der Triumph!
MAMPF
Nag! Schmatz! Mampf! Knusper!
Umpf!
Schwerter aus Marzipan! Dieser Saboteur hat eine entschieden schwierige Fantasie. Und ich befürchte, dass wir noch nicht das Letzte von ihm gesehen haben.

Hurra! Der erste Gang ist dahaaa!
Man versucht sich in Gleichmut...
Mampf! Mampf!
Es folgt der zweite Gang!
Ein paar neue Sitzgelegenheiten wären auch nicht zu verachten.
Schmatz! Mampf!
Knusper!
Das ganze Mobiliar besteht aus Marzipan! Ich hoffe, Agent Franz ist der Herausforderung gewachsen!
Da bin ich unbesorgt.

Schließlich strebt das Spektakel seinem verdienten Ende zu...
So lasst uns künftig Brüder sein!
Mit beiden Reichen im Verein!
Gemeinsam sitzend auf dem Thron...
Mampf!
...dann wird das schohooon!
Mampf! Schmatz! Mampf!

Meine Hochachtung, Agent Franz! Das ist vor allem Ihr Applaus!
WUTSCH
Danke! **Schmatz! Mampf!**
Bravo!
Das hatte Biss!
KLATSCH
KLATSCH
KLATSCH
KLATSCH
KLATSCH
Sie haben uns vor diesem unbekannten Saboteur gerettet!
**Schmatz!** Also... so unbekannt ist er gar nicht mehr, weil ich nämlich inzwischen weiß, wer es ist! **Mampf!**
Tatsäch-lich?
Ja! Lassen Sie mich die Kulissen noch, äh... abbauen, dann kläre ich die Geschichte auf!
Deshalb...
Ähem... können wir jetzt anfangen, Agent Franz?
Gerne. **Schmatz!**
Spezialagent Franz hat herausgefunden, wer sich hinter den Sabotageakten mittels Marzipan verbirgt!
Rölps.

Also habe ich Sie hier versammelt, damit Sie Zeugen sind, wenn das Geheimnis gelüftet wird!
Sparen Sie sich die Arien! Raus mit der Sprache, wer hat mir die Arbeit vermiest?
Genau! Wer ist dieser gemeine Ganove?
Nun...
...der geheimnisvolle Marzipansaboteur ist...
**Gäääähn!** Gute Güte, bin ich mit einem Mal müde...

Nichts zu machen.
Wir werden warten müssen.
Z!
Das kann Stunden dauern!
Und wirklich, eine ansehnliche Anzahl von Stunden später...
Gäääähn!
Er wird wieder wach!
Endlich!
Mal sehen... wo war ich noch gleich stehen geblieben? Ach ja! Der Verantwortliche für die Sabotageakte ist...
Was?
...der hier anwesende und mit Recht zweite Tenor, Maestro Randali!

Der Beweis ist diese Rechnung einer Konditorei, die versehentlich unter die Fanpost von Maestro Brületti geraten ist!
**Herrje!** Zehntausend Taler nur für Marzipan?
**Grrr!**
Ja, ich gebe es zu! Ich wollte die Aufführung ruinieren und Brületti die Schuld in die Schuhe schieben! Er wäre erledigt gewesen und ich wäre zum ersten Tenor aufgestiegen!
Stattdessen stolpern Sie mit Ihrer Idee direkt in ein Karrieretief!
Da haben Sie wohl nicht unrecht.
Kompliment!
Ich bin beeindruckt!
Sie haben den Fall bravourös gelöst!
Riecht es hier nach Marzipan?

Am nächsten Tag...
„Die Aufführung der Oper ‚Koteletto‘ war ein nie gesehener Publikumserfolg!“
ENTENHAUSENER KURIER
„Was vor allem der Rolle des Gourmands zu verdanken ist, verkörpert durch ein vielversprechendes Talent! Eine wunderbare Metapher auf den Machthunger der beiden Gegenspieler!“ Da ist sogar ein Foto von dir, Franz!
RAUSCH ERFOLG! KOTELETTO!
Mir scheint, in diesem Fall hat dein größtes Talent endlich einmal gebührende Wertschätzung erfahren!
Noch etwas Marzipan?
Tja... **mampf! Schmatz! Mampf!**
Danke... **mjam!**
ENDE

# Ein schlagender Beweis

**Arthur Faria Jr.** (Story), **Eli Marcos M. Leon** (Zeichnungen)

Ihm Handschellen anlegen und seine Personalien aufnehmen!
Okay! Schon kapiert!
Jetzt zufrieden, Angst-hase?
Nein! Was ist, wenn der Bandit bewaffnet ist… so wie der hier drin?
Schluck!
Ihr kommt mir wie gerufen! Euch nehme ich als Geiseln! Kein Geschrei! Klar?
Mal sehen, wer von uns zuerst schreit!
Kreisch!
?
Im Namen des Gesetzes, Sie sind hiermit verhaftet!
Was ist nur passiert?
Hast du das gesehen? Es war über-haupt nicht schwer, Donald!
Donald?
Für dich vielleicht nicht, aber für mich!

He, was ist denn hier los?
Schluck! Da ist ja noch einer!
Worauf wartest du? Was ist nun mit deinem berühmten Judogriff?
Wie denn, du Witzbold? Ich habe doch gerade den Ersten an mich gefesselt!
**Grmpf!** Jetzt müssen wir die beiden Geiseln auch noch mitschleppen, Kumpel!
Raub ist wirklich ein schweres Delikt!
BANK
Und wie weiter, Daisy?
Ganz ruhig, Donald! Das ist nur eine kleine Vorübung für schwierigere Fälle!
WRUMM
Raub und Kidnapping in Tateinheit mit Geschwindigkeitsüberschreitung!
Halt endlich den Schnabel, Puppe!
Jetzt auch noch Beamtenbeleidigung! Na, Sie sitzen ganz schön in der Tinte!
Na also! Wir sind da!
QUIETSCH

Stell dir vor, wir haben es geschafft, Bruderherz! Hier ist die Beute!
**Juhu!** Endlich! Wir sind reich!
PENG
Und du machst dich ebenso strafbar, Freundchen! Das ist öffentliche Ruhestörung!
He! Was will die denn von mir?
Die haben wir mitnehmen müssen, weil sie sich an 176-761 gekettet hat.
Wie blöd kann man sein?
Seht ihr nicht, dass die von der Polente ist? Wollt ihr, dass die uns wieder einbuchten?
Aha! Dann seid ihr also dazu auch noch gerade ausgebrochen?
Was hätte ich denn machen sollen?
Du Dummkopf! Die Tante hat doch den Schlüssel bei sich!

Also, her mit dem Schlüssel, Kleine, andernfalls…
Ich warne euch! Bedrohung einer Polizistin ist strafbar!
Und wenn wir deinen mageren Kumpel da bedrohen?
Aua!
Das ist genau dasselbe, aber ich gebe nach!
Endlich! Ich hasse es, angekettet zu sein!
Ich auch! Mit gefesselten Händen kann ich nämlich nicht…
…zupacken! So, Freundchen! Aus, der Traum!
ZACK
KNUFF
Horch!
Horch!
Ihr kommt genau im richtigen Augenblick, um diese Burschen mitzunehmen!

Hier habt ihr die Liste der begangenen Straftaten dieser Herrschaften!
Das ist ja der Wahnsinn!
Sehe ich recht? Haben die Panzerknacker etwa Zuwachs bekommen?
Aber nein! Der ist unschuldig!
Ächz! Ich bin sozusagen ein unschuldiges Opfer!
Wenig später…
Hast du gesehen, Donald? Ich habe es geschafft, drei Banditen festzunehmen, ohne einen Kratzer abzukriegen!
Außerdem hat man mir noch eine feierliche Belobigung erteilt! Und da behauptest du, der Job bei der Polizei sei gefährlich!
Jawoll, behaupte ich auch weiterhin! Jedenfalls für diejenigen, die dich begleiten!
Pah, das ist mal wieder typisch für dich! Du hast doch immer eine passende Ausrede auf Lager!
ENDE

# Spezialagent Franz Gans

# Bei FUN hört der Spaß auf

Created 2004

**Riccardo Secchi** (Story), **Alessandro Perina** (Zeichnungen)

Wie schätzt ihr die Erdnüsse ein, die wir heute beschlagnahmt haben?
Für meinen Gaumen sind die zwei Tage über der Zeit!
Ich würde sogar behaupten, 48 Stunden!
Und was meinen Sie, Agent Franz?
Noch nichts! Ich finde, unser Beruf verpflichtet uns zur Sorgfalt.
Darum sollten wir alle Proben probieren, bevor wir urteilen!
Sehr richtig! Mjam!
ERDNÜSSE
ERDNÜSSE
Wir wissen Ihren Diensteifer zu schätzen!
Danke!
Abteilung GAG?
Lecker!
PRASSEL
Ja, ich höre! Im Restaurant Zum Frohen Ferkel klagen Gäste über Unwohlsein nach dem Genuss des Gugelhupfs? Wir sind unterwegs!
Einsatz, Männer!

Eine wilde Jagd später...
Schnappen wir uns den gemeinen Gugelhupf!
RESTAURANT
ZUM FROHEN FERKEL
Ächz! Jammer!
?
Die Gabeln weg und gerade gesessen!
Wir sind die Agenten der Abteilung GAG!
MENÜ
Keine Ausflüchte! Wo hat sich der Gugelhupf versteckt?
Aber...
Nur die Ruhe!
Wir haben uns des Falles bereits angenommen!
Wer sind denn Sie?

Palmiro Palmbaum, Kommandant der Abteilung FUN. Heißt… Für untadelige Nahrungsmittel!
?
Herrschaften, da sind Sie ja endlich!
Herr Bürgermeister? Was geht hier vor?
Mein Vetter Palmiro ist kürzlich aus dem Ausland zurückgekehrt, wo er das Behördenwesen studiert hat.
Dabei kam mir die geniale Idee, eine neue Einheit der Lebensmittelpolizei zu gründen!
Originell.
Zum Schutze unserer Lebensmittel sind zwei Einheiten besser als nur eine!
Die bessere sind wir.
Die Beamten der Abteilung FUN sind ausnahmslos Profis auf dem Gebiet der Nahrungsprüfung.

Und sie haben sich schon an die Arbeit gemacht.
Wir suchen nach weiteren verdorbenen Lebensmitteln.
Mjam!
Du erlaubst, dass ich probie…
Kommt nicht infrage!
Nur ein Gäbelchen…
Zieh Leine, sonst lang ich dir eine, klar?
Grrr!
Kommen Sie, Agent Franz! Sich keilen macht nur Kohldampf!
Grrr!
Ruft uns, wenn ihr euch bei einem Fall festgefuttert habt!

Wenig später...
Die führen sich auf, als wären wir Konkurrenten!
Wenn sie wenigstens nett wären. Aber nein!
Gegner, denen man den Griff in die Ravioli nicht gönnt!
Ich schlage vor, wir beruhigen uns und tun einfach unsere Pflicht!
Abteilung GAG! Ja? Ach! In der Eisdiele Edelsüß wird mit künstlichem Pistazienaroma gepanscht?
Und Einsatz!
Die produzieren im großen Stil! Wir rücken besser mit schwerem Gerät an!
Wenn das stimmt, legen wir den Laden auf Eis!
Wir schmecken alles!
LALÜÜLALAA
MARKT
GAG
P

Doch...
Polizei! Futterfahndung! Oh?
EISDIELE EDELSÜSS
FEINSTES EIS - HANDGESCHÖPFT
EIS
OFFEN
GAG
Ihr kommt zu spät! Der Fall „Pistazie“ ist schon in Arbeit!
Die Kollegen der FUN!
Mjam!
Dann schauen wir eben, wie es um das Schokoladeneis steht!
?
Schaut lieber, dass ihr verschwindet!
Grrr!
Ruhig, Agent Franz!

So geht es in einem fort...
Müht euch nicht, Kollegen, das ist unser Fall!
SUPERMARKT
3×2
Wir waren als Erste hier, weil ihr als Zweite kommt!
KONDITOREI KRÜMLSACHT
Schließ-lich...
Seit Wochen ruft kein Mensch mehr in unserer Dienststelle an!
GOLDENE RAVIOLI
Warum zwänge ich mich da noch Tag für Tag in die Uniform?
Und du, Franz? Fehlt dir nicht das Probefuttern?
Doch! Ohne das schmeckt die Arbeit nicht.
Hier, schaut mal in die Zeitung.
ENTENHAUSENER KURIER
FUN LÖST NEUEN FALL!
BOSS
BERÜHMTE BROTZEIT-DIEBE

Die sind jeden Tag auf dem Titel.
Lösen einen Fall nach dem andern.
ENTENHAUSENER KURIER
FUN LÖST NEUEN FALL!
Da steht auch etwas über uns. „Während die Abteilung FUN Erfolge feiert, glänzt die Abteilung GAG durch ein gerüttelt Maß an Unfähigkeit!“
Das ist aber nicht lieb von denen.
Ganz Entenhausen lacht über uns!
Aber nein! Ich bin sicher, die Bürger haben noch immer großen Respekt vor den Beamten der Abteilung GAG!
Kennst du schon den Neuesten über die GAG?
SNACKS
KALTER KAFFEE
Lass hören!
Wie viele Agenten der GAG braucht es, um eine Geburtstagstorte zu beschriften?
Zwei! Einen, der schreibt, und einen, der die Torte in den Drucker schiebt.

Haha! Schöner kann man es nicht in Worte fassen! Schnarchnasen!
Die würden den Witz nicht mal kapieren!
HAHAHA HOHO HAHA
Was für Versager!
Auch andernorts ist man bester Laune...
FUN
HAUPTQUARTIER
BLEIBEN SIE DRAUSSEN!
Haha! Hört mal her, wie es weitergeht!
„Lohnen sich die Löhne für die Agenten der GAG überhaupt noch, wenn es die Männer der Abteilung FUN sind, die alle Fälle lösen?“
Genial von Ihnen, Boss, die kleinen Lebensmittellinkereien einzufädeln, um die Dussel von der GAG dumm dastehen zu lassen!
Kinderspiel. Ihr kennt mich.
ERSTER!
FUN

Jetzt sind sie uns bei unserem Vorhaben nicht mehr im Weg.
Genau! Nicht mehr lange, und die Sache kann steigen.
Hier werden wir ordentlich abstauben!
ZUM ERSTEN MAL IN ENTENHAUSEN
Vor den Augen der besseren Gesellschaft der Stadt!
Und vor den Augen meines ach so braven Vetters, des Bürgermeisters!
Derweil...
Als erster Bürger Entenhausens trage ich die Verantwortung für das Wohl der Stadt!
RATHAUS
Wozu auch der Schutz des Steuersäckels vor unnötigen Ausgaben gehört. Daher werde ich...
BÜRGERMEISTER

...die Abteilung GAG auflösen!
Was sagen Sie da?
Aber...
Haben Sie einen einzigen Fall gelöst, seit es die Abteilung FUN gibt?
Öh. In der Tat, nein.
Sehen Sie? Wieso sollte ich Ihre Abteilung durchfüttern, wenn sie ermittlungstechnisch am Hungertuch nagt?
Tja.
Kopf hoch, das wird schon! Zur Aufmunterung erzähle ich Ihnen ein Witzlein, das derzeit so lustig auf den Gängen des Rathauses kursiert!
Wissen Sie, weshalb die Agenten der GAG niemals Rosenkohl essen?
Weil sie Angst vor den Dornen haben!
**Hahaha!** Der ist ist gut, was?

Sie lachen gar nicht?
Das kommt noch.
Später dann.
Wenn wir den Witz kapiert haben.
OFFEN
ALLES BILLIG! DAS SCHMECKT MAN!
BRUNOS BURGERBUDE
CAFÉ
OFFEN
FISCH-MENÜ WER'S WAGT
E 17
Seufz! Das ist das Ende, Kollegen!
Nach allem, was wir für die Stadt getan haben.
Es ist ein Jammer!
Zwei Äpfel und zwei Kekse für vier Personen, wie bestellt! So werde ich nie reich.

Tja, künftig wird der olle Schmalhans bei uns den Küchenmeister geben.
Ich ziehe fürs Erste zu meinem Onkel nach Gänsfurt.
Und Arbeitssuche ist angesagt!
Boh. Wer will denn so was wie uns?
Dann...
CAFÉ
Ihr hört von mir! Wir bleiben in Kontakt!
Viel Glück und haltet die Ohren steif!
CAFÉ
FISCH-MENÜ
Bis bald, Freunde!
E 17
Einige Tage später...
HERZLICHEN APPETIT!
Wie geht es meinem Franz?
Mies.
DER LIEBE FRANZ

Die Sache mit der FUN verdirbt mir den Appetit!
Das ist nicht zu übersehen.
Eigentlich wollte ich dir heute Abend einen schönen Burger braten mit viel Zwiebeln, aber...
Sehr tapfer.
Etwas Leichtes also. Ich denke, das zwinge ich!
Wohin räume ich deine Uniform? Du brauchst sie ja nicht mehr.
Am besten gleich auf den Dachboden.
Und die Fachliteratur auch. Sonst erinnert sie mich ständig an meine Zeit als Agent der Abteilung GAG!
DER MUNDRAUB
GEMÜSE HINTER GITTERN
KRIMINELLE KÜCHE
Ups!
DER MUNDRAUB
KRIMINELLE KÜCHE
WUTSCH
Nanu?
FETZO FETAFEIND

Der kommt mir bekannt vor.
Mal sehen… „Fetzo Fetafeind, ein gefährlicher internationaler Gemüsedieb. Berüchtigt für seine Überfälle auf Gemüseläden, verkleidet als riesige Gurke.“
So ähnlich, wie der diesem fiesen Agenten der FUN sieht, komme ich doch glatt ins Grübeln.
Irgendetwas stimmt da nicht. Aber nicht mit mir!
Daher...
Gut, dass Sie Bescheid gesagt haben, Franz!
Mampf!
Dem schließe ich mich vorbehaltlos an! Mjam!
Mampf!
COOL
Mompf!

Zuerst müssen wir herausfinden, ob der Kerl wirklich Fetzo Fetafeind ist. Und wer seine Kollegen sind!
Nachschub! Schnauf.
7
Dafür brauchen wir das Archiv in unserem alten Hauptquartier!
Stimmt, da sind alle Ganoven gespeichert!
Kommt, lasst uns keine Zeit verlieren!
Mit Nachtisch verliert man keine Zeit!
Dann...
Vielen Dank für alles, Frau Duck!
Es war köstlich!
Und ein Kahlschlag in der Speisekammer. Seufz.
GAG

Ich sitze hinten!
Stören Sie sich nicht an dem Sack. Das sind Kostüme für die Laienspielgruppe meiner Gattin.
GAG
Ist im Kofferraum kein Platz?
Nein, da lagert die zweite Ladung an Kostümen.
Nicht lange danach...
OBST & GEMÜSE
Gut, Männer! Tauchen wir ab in unsere Vergangenheit!
Seufz!
EINGANG WEITER LINKS
GAG
Was soll das denn nun?
ZENTRUM FÜR MEDITATION - MENTAL GLOBAL KOLOSSAL
DING DONG
Die haben die Bude vermietet!
Guten Tag! Wir sind die ehemalige GAG und müssen in unser altes Archiv!
Ich bin untröstlich, o Suchender!

Dieser Tempel erwartet heute den großen Guru al-Z'aid-Shlummar und steht nur jenen Glückseligen offen, die auf dem Pfad sind zum inneren Licht der Liebe! Also...
...verzupft euch, ihr Penner!
GLOBAL KOLOSSAL
SCHMETTER
Herrje!
Was machen wir nun, Chef?
Gute Frage! Leider habe ich keine gute Antwort.
Wie wäre es mit einer Mittagsmeditation?
Verzeihung!
Ich suche das Zentrum für Meditation. Man erwartet mich dort bereits, wie ich vermute.
Ach, das ist...
...ziemlich weit weg von hier!
Hmpf!
?

Ganz am entgegengesetzten Ende von Entenhausen! Am besten gehen Sie immer geradeaus, dann laufen Sie nicht versehentlich im Kreis.
Ach?
?
KIOSK
MARKT
OPTIK
Und ich dachte, es sei hier!
Irren ist keine Schande, nicht wahr?
Genau.
Was war denn das?
Ein Glücksfall! Das war dieser al-Z'aid-Shlummar, auf den sie im Meditationszentrum warten!
Ja? Und nun?
Nun packen wir den Sack mit den Kostümen aus!
Den Rest erledigt unser Franz!
Gähn!
Wenig später...
Einsatz, Männer!
DING
DONG

Gruß und Segen! Meister al-Z'aid-Shlummar ist da!
Gähn!
MEDITATION IST FUTTER FÜR DIE SEELE
Oh... tretet ein!
Geht es dem Meister gut?
Pfzzz...
Sehr gut sogar! Sein Geist ist auf dem Weg in die Versenkung!
Dann versenkt er den Rest am besten in diesem weichen Kissen.

Wir unterstützen die Meditation, indem wir nebenan nicht stören!
Ah? Ja, so...
Nun denken wir alle nichts. Das geht, ich weiß das.
ZZZ!
ZZZ!
ZZZ!
ZZZ!
ZZZ!
ZZZ!
Perfekt! Schnell ins Archiv!
ARCHIV GAG
Es gibt für jeden Agenten der FUN eine Akte!
Ausdrucken, allesamt!

Nicht lange danach...
Wir stören nur ungern...
ZZZ!
ZZZ!
Warum tut ihr es dann?
ZZZ!
Aufwachen, Franz!
Weil der Meister heute auch noch in Mopsmeucheln zu einer Meditation erwartet wird!
ZZZ!
Der rührt sich nicht, Chef!
Da hilft nur tragen!
Kaum zu glauben, was die Meditation alles vermag!
Schön wäre es ja, wenn er schweben könnte.
Z!
?
Beeindruckend! Als ob er tief schlafen würde!
Ächz!

Und kurz darauf...
Sieh an! Endlich wieder wach, Franz? Ist alles in Ordnung?
Wird... gähn... gehen.
GAG
Was haben wir herausgefunden?
Erstaunliches!
Palmiro Palmbaum... Musterschüler in der Grundschule... hat zweimal den Zebrastreifenpreis für die meisten an einem Tag begleiteten alten Damen gewonnen... Diplom in Lebensmittelsicherheit mit Auszeichnung.
Ein untadeliger Lebenslauf!
Genau wie bei dem Burschen, den wir für Fetzo Fetafeind halten... Ausbildung zum Beamten mit Belobigung... erster Preis im Wettbewerb „Verhaltenes Futtern“...
Verhalten? Habt ihr gesehen, wie der jedes Mal reingehauen hat? Ein Vielfraß!
Ja. Schätze, die Akteneinträge sind reine Tarnung. Was dafür spricht, dass wir es wirklich mit Kriminellen zu tun haben!
Ja, aber was führen die im Schilde?

Das finden wir heraus! Jeder von uns bleibt einem der Agenten der FUN auf den Fersen!
Gut, ich nehme Fetzo Fetafeind!
BÄCKEREI
Und deshalb...
Hm...
Wer so unauffällig tut, hat garantiert etwas zu verbergen.
He, Hasso! Gib mir einen doppelten Hotdog!
KATZENSTEIG
KAFFEE 2T
OFFEN
HOTDOG + GETRÄNK 4,20T
HOT-DOGS
FANGFRISCH
So bescheiden heute?
Ausnahmsweise! Ich bin auf dem Weg zum Essen!
Ah, verstehe! Dann guten Hunger!
MODEHAUS MÜTTERLEIN
Mjam!
KAFFEE 2T
OFFEN
HOTDOG + GETRÄNK 4,20T
KARTE

FOTO
Wie das duftet! Da regt sich etwas in mir.
Schmatz! Mampf!
SONNTAG UND ÜBERHAUPT!
Hä?
GROLL!
SONNTAG UND ÜBERHAUPT!
Ist da jemand? Hallo?
MINIMARKT
SONNTAG UND ÜBERHAUPT!
Niemand.
Was soll's.
FOTO
Uff! Fast wäre ich aufgeflogen!
ZUM NASSEN FISCH
RESTAURANT
Hm! Da drin war ich noch nie.

RESTAURANT
Er geht nach oben in den ersten Stock. Was mache ich jetzt?
Ich klettere die Leiter hoch. Was völlig meiner wahren Natur widerspricht! Wenn das meine Kollegen sehen könnten.
Uack!
Was tut ihr denn hier?
Leise! Die Wände haben Ohren!
Offenbar sind da drin gerade sämtliche Agenten der Abteilung FUN versammelt.
Schauen Sie, Franz!
Stimmt. Alle sind sie da.

Bald sind wir stein-reich, Kameraden!
Wenn alles klappt! Gehen wir es noch einmal durch!
Morgen Nachmittag findet im Museum von Entenhausen ein Empfang zur Feier der Eröffnung einer weltweit einmaligen Edelsteinausstellung statt!
Auf die Edelsteine haben sie es also abgesehen!
Die wertvollste Sammlung aller Zeiten!
Wenn der Empfang im Gange ist, ziehen wir das Ding kurz und schmerzlos durch!
Gleich werden wir wissen, was die Ganoven genau vorhaben.
KNIRKS KNARKS
Dank unserer Uniformen wird niemand Verdacht schöpfen!
?
Oha?
KRACKS

Au.
Na ja, wenigstens sind wir weich gelandet. Wo wären wir ohne unseren Franz?
Kurz darauf...
Wir kennen zwar den genauen Plan nicht, aber wir wissen, dass sie morgen im Museum zuschlagen werden.
Wir müssen dann unbedingt auch vor Ort sein!
Ja, wir schleichen uns ein und vereiteln den Plan der Verbrecher!
Wir machen sie dingfest!
HÖRGERÄTE
DA LANG!
Jawohl!
Und tags darauf, im städtischen Museum von Entenhausen...
Meine Liebe, darf ich dir eine neue Bekanntschaft vorstellen?
MUSEUM
JUWELEN & GESCHMEIDE
ZUM ERSTEN MAL IN ENTENHAUSEN
EDELSTEIN-AUSSTELLUNG

Das ist Herr Schlemmil Schnabuletti! Stell dir vor, er ist von Beruf Vorkoster für Nachtische!
Sehr erfreut!
Angenehm!
Wie kommt man zu so einem Beruf?
Nun, ich... oh! Verzeihung!
Wie ist die Lage, Agent Franz?
Ruhig.
Schön! Mischen Sie sich weiterhin unter die Gäste.
Während wir die Sammlung im Auge behalten! Schätze von unvorstellbarem Wert!
Aber nicht essbar.

Zur selben Zeit, ein Stockwerk tiefer, in der Küche...
Halt! Diese Torte macht keinen Schritt weiter!
Oh! Die Abteilung FUN!
Wir müssen hier kontrollieren, und das kann ein wenig dauern.
Ihr geht derweil spazieren!
Bitte, gerne.
Diese Torte wird für süße Träume sorgen!
ZISCHL ZISCHL
Tatsächlich war die Abteilung FUN meine Idee.
So? War Ihnen die GAG nicht gut genug?
Die GAG? Schlafmützen, die ein paar Glückstreffer gelandet haben, werter Herr Schnabuletti!
Die Torte kommt!
Hmpf!

Dazu fällt mir ein Witzlein ein, mit dem ich derzeit gerne meine Mitmenschen erheitere...
WITSCH
Mjam!
Mampf!
Schleck!
Lecker!
Gääähn!
Bin ich müde!
Ich auch!
Es kann losgehen, Jungs! Hehe!
An die Arbeit!
Wie selig sie schlummern!
ZZZ!
ZZZ!
Z!
ZZZ!

Damit haben wir ausgesorgt!
Halt!
Ihr seid verhaftet, ihr Hochstap-ler!
Der war doch mal bei der GAG!
Warum ist der noch wach?
Du hältst dich bes-ser aus der Sache raus, sonst...
Sonst was?
Da ist er!
Der hat sich für Euch ausgegeben, Meister!
Gut, dass wir ihn gefunden haben!
Oh!
Dank seiner Autonummer!
Und das sind seine Komplizen, verkleidet als Polizisten!
Da ist eine Lektion fällig!
Das ist ein Miss-verständnis!

ROMS
Uff!
KEIL
TRET
Aua!
RÜTTEL
Poh!
Das Raufen
ist nicht so
meins.
WATSCH
ZWICK
WUCHT
SEMMEL
QUÄL
Da räume ich lieber
mit dem Rest Torte
auf!
Wenig
später...
Ächz!
Herrje. Was
ist passiert?
Wie? Die Abteilung FUN ist hier?
Und die Edelsteine sind weg?
?
Die wollten die falschen Kollegen
abgreifen! Mampf!

**Palmiro? Du?** Das hätte ich niemals gedacht!
Womit auch? Kreuzbraver Knallkopf von Vetter.
Die gesamte Abteilung FUN ist hiermit verhaftet!
Ich fasse es nicht!
Sie haben die Torte mit einem Schlafmittel präpariert, um nicht gestört zu werden. Aber sie haben nicht mit unserem blitzwachen Kollegen Franz gerechnet!
Ich bin erschüttert!
Man tut, was man kann.
Apropos... weshalb sind Sie eigentlich nicht eingeschlafen?
Vielleicht weil ich so aufgeweckt bin?
Und wen haben wir hier?
Friedliche Meditierende mit einem klitzekleinen Hang zur Handgreiflichkeit.

Ich muss mich bei Ihnen entschuldigen!
Ist das zu glauben?
Die wollten die ganze Sammlung abstauben!
Die von der FUN?
Keine Sorge! Es ist alles unter Kontrolle, dank der Agenten der Abteilung GAG! Die ich umgehend wieder in Amt und Würde versetze!
Aber vor allem möchte ich Agent Franz danken für seinen Einsatz! Wo ist er denn, unser Held?
Ups. Ich fürchte...
...die Torte hat am Ende doch noch ihre Wirkung getan!
Oh.
ZZZ!
Gute Güte! Der arme Mann.
ENDE

Walt Disney

# Ein Schurke schiebt Nachtschicht

Created 1981

**Renato Vinicius Canini** (Story), **Átila de Carvalho** & **Irineu Soares Rodrigues** (Zeichnungen)

Sagt, haben wir eigentlich noch die Polizeiuniformen, die wir mal gemopst haben?
Eine davon! Die anderen hat man uns inzwischen geklaut.
HÄKELHEFT
176-761
Wartet hier! Ich bin gleich wieder zurück.
?
Und wenig später...
Du liebes Lieschen! Ein Bulle!
Und der ist auch noch Polizist!
HÄKELHEFT
176-671
He? Wieso lauft ihr weg? Ich bin es doch!
Ich?
Wer ist ich?
Na, ich halt!

Schau mal! Da ist ein Polizist hinter den Kollegen von der Panzerknacker-Bande her!
Halt! Bleibt stehen!
Ob das der Kostümkasper ist, der vor dem Juwelierladen herumlungert?
Sehen wir nach!
JUWELIER JAKOSTFIL
Nein, der war es offenbar nicht.
Schade! Der Laden wartet nur darauf, dass man ihn um ein paar schmucke Milliönchen erleichtert.

Derweil...
Seid ihr taub oder tumb, ihr Trampel? Erkennt ihr mich denn nicht?
Hilfe! Polizei!
REMPEL
Nanu? 761? Mann, in Uniform siehst du echt zum Davonlaufen aus.
Pass bloß auf.
176-167
176-671
Aber was soll die Maskerade überhaupt?
Irgendein Faschingsscherz zur Unzeit, oder was?
Quatscht keinen Blödsinn! Diese Polizeiuniform gehört zu meinem hochgenialen Plan!
Wie? Was für ein Plan?
176-67
176-167
Daher...
Kommt mit, ich erkläre es euch beim Essen!
HARRY HUSKY HOTDOGS
Wenn der Polyp nicht bewaffnet wäre, würden wir den Kollegen schon aus der Patsche helfen.
Aber so kann man nichts machen.
FAUCH
ZERF

Keine Sorge, mein Bester, ich bin ja dabei. Für jeden von uns einen Hotdog, bitte!
Für mich zwei Würstchen und eine Extraportion Feuersenf!
Für mich keinen Senf, bitte!
176 671
176-167
ARRY HUSKY HOTDOGS
Übrigens, hast du nicht auch Kohldampf? Gleich um die Ecke gibt es Hotdogs!
Gute Idee! Ich könnte einen Bissen vertragen!
Mjam!
Mampf!
Schmatz!
176-167
176-671
Irgendwie war dieser Polizist nicht ganz hasenrein. Aber ich komme nicht darauf, warum.
Und was schert es mich auch, solange die Scheinchen echt sind.

Uack!
Hast du auch gesehen, was ich gesehen habe?
Ja, habe ich.
Die Panzerknacker in trauter Eintracht mit einem Polizisten!
Da kommen einem wenig schöne Gedanken.
Los, hinterher! Der Sache müssen wir unbedingt auf den Grund gehen!
Die Kameraden werden doch nicht vom rechten Weg abgekommen sein?
EISDIELE

Wartet hier auf mich, Brüder!
Junge, wenn das klappt, haben wir ausgesorgt!
JUWELIER JAKOSTFIL
176-671
Guten Abend, mein Bester!
?
Halt! Wer sind Sie?
Deine Ablösung natürlich, Kollege!
Gelogen! Ich erwarte überhaupt keine Ablösung! Und jetzt nimmst du besser die Maske ab und zeigst dein wahres Gesicht!
Öh... also... ich...
Das ist keine Maske, nein, was denkst du? Das ist doch eine Brille!
Eine Brille?

Wir arbeiten doch oft bei Nacht, und das ist anstrengend für die Augen! Diese Brille schützt vor Überlastung! Es ist eine Nachtschichtbrille, sozusagen.
Tatsächlich? Das klingt nach einer guten Idee.
Darf ich sie mal aufprobieren?
Nein, bloß nicht!
Diese Brille ist.. ist... wie heißt das? Personalisiert, ja!
Bitte was?
Sie ist vom Optiker genau an meine Augen angepasst! Wenn sie ein anderer aufsetzt, kann der richtig böse Schaden nehmen! Das wollen wir doch nicht!
Ups! Nein, natürlich nicht. Am besten gehe ich morgen zum Optiker und lasse mir selbst eine anfertigen.

Gut, und jetzt zeige mir bitte den schriftlichen Befehl für die Ablösung.
Na ja, so irgendwie... einen Befehl gibt es nicht. Aber der Juwelier ist ein entfernter Vetter von mir! Genau.
Ich habe ihn gestern getroffen, und da kamen wir auf dich zu sprechen!
Auf mich?
Ja! Er fand es nicht nett, dass du immer Nachtschicht schieben musst! Und er bat mich, dich doch mal abzulösen, ganz formlos unter Kollegen.
Das ist aber sehr lieb! Das nehme ich gerne an!
Aber gib gut acht! Ich glaube, die Panzerknacker drücken sich hier im Viertel herum!
Keine Bange! Ich kenne meine Brüder... ups... die staubigen Brüder, meine ich natürlich, nicht wahr?
Mensch! Es haut hin! Der Polizist macht sich wirklich vom Acker!
JUWELIER JAKOSTFIL
Dort ist er! Wenn er ein Freund der Panzerknacker ist, dann ist er auch unser Freund, habe ich recht?
Wie immer!
JUWELIER JAKOSTFIL

Also gehen wir!
Nein, warte! Da kommen uns gerade welche in die Quere!
JUWELIER JAKOSTFIL
In dieser Stadt gibt es zu viele kriminelle Existenzen.
Die führen was im Schilde!
Hallo, Herr Wachtmeister!
Hallo!
Ihr könnt euch das Schloss vornehmen. Es ist weit und breit niemand zu sehen.
Danke, Kumpel!
KRACKS

Wie… Kumpel? He, Moment mal! Was habt ihr beiden denn hier zu schaffen?
Ein Panzerknacker!
Verduftet, aber ein bisschen dalli! Der Juwelierladen gehört uns!
So? Und darf man erfahren, warum?
Weil die Idee mit dem falschen Polizisten auf unserem Mist gewachsen ist!
Da siehst du mal. So ungerecht ist das Leben.
KLICK
KLACK
Alarm! Brüder zu mir! Wir werden beraubt! Gemeines Gesindel, hergelaufenes!
Ja, spinnt denn der?
Zu Hilfe! Hierher! Haltet die Diebe!
Aber das ist doch der Kollege, der nette!

Da seid ihr ja! Langt tüchtig hin, Brüder!
Falls drei mehr als zwei sind, sehen wir alt aus.
WATSCH
ZWICK
SCHÜTTEL
Da läuft was schief! Der Polizist kommt zurück! Wenn der uns erkennt, sind wir geliefert! Will heißen...
Pfiiiiet!
...nichts wie weg hier!
?
WITSCH
WITSCH
WITSCH
ENTENHAUSENER
MUTIGER WACHTMEISTER ÜBERWÄLTIGT ZWEI GEFÄHRLICHE GANOVEN!
ENDE

**Tito Faraci** (Story), **Massimo De Vita** (Zeichnungen)

Micky hat es an diesem Tag besonders eilig…
Du bist umzingelt, Kater Karlo! Wir geben dir genau zehn Minuten, um dich zu ergeben!
Huch! Warum haben Sie nicht fünf Minuten gesagt?
SUPER-MARKT
ALLES BILLIG!

Eine halbe Stunde! Du stiehlst mir meine Zeit!
So bin ich eben.
Danke für Ihre Hilfe, Herr Maus!

Bald darauf…
Können Sie nicht schneller fahren?
Die Geschwindigkeits-begrenzung gilt auch für Polizisten!
5 36
Sie müssen mich nicht zum Gefängnis bringen. Ich kann auch den Bus nehmen!
Er hat recht! Der Bus… oje!
Warum haben Sie es denn so eilig, Herr Maus?
Ich muss heute Abend jemanden treffen, vor dem mir graust.
Bestimmt handelt es sich um das Schwarze Phantom, was?
Oder nehmen Sie wieder ein Diebesnest aus?
Oder es geht um die Übergabe geheimer Botschaften, wie?
Nein… es ist etwas viel Schlimmeres!

Ein Abendessen mit Minnies Pflegeeltern!
**Auje!** Das ist wirklich schlimm!
„Eigentlich ist Minnie nur die Nichte von Arthur und Chloe, aber sie ist bei ihnen aufgewachsen. Was mich angeht, sind die beiden ganz einer Meinung!“
Das ist ein Nichtsnutz!
Wem sagst du das, Arthur!
„Sie hätten es weit lieber gesehen, wenn Minnie sich mit Arnold Schlaffke verlobt hätte. Er war damals ein lustiger Bursche.“
Hört mal, habe ich euch den schon erzählt? Nein?
Kommt ein Mann in eine Mühle… **knirsch!**
Witzig, was? **Hahahaha!**
„Bei der ersten Verabredung mit Minnie ist dann leider Arnolds Krawatte in der Rolltreppe hängen geblieben. Da hat sie mich gefragt, ob meine Einladung ins Kino noch gilt.“
Glaubst du an so was?
Aliens? Ich doch nicht!
Aber sicher!

Bald darauf habe ich mich mit Minnie verlobt. Tante Chloe und Onkel Arthur waren natürlich nicht übermäßig begeistert.
„Einmal im Jahr gibt es regelmäßig ein großes Familientreffen. In der ersten Zeit gingen wir immer zu Minnies Onkel und Tante. Doch eines Abends…“
KLIRR
„…hüpfte mir eine Olive vom Teller! Leider traf sie eine wertvolle Vase.“
„So fand das Essen im letzten Jahr bei mir zu Hause statt. Allerdings verlief der Abend nicht so, wie ich es mir gewünscht hätte.“
Ein Kommissar Hunter! Er sagt, er sucht Sie! Wegen eines Überfalls!
Oh! Sie dürfen das nicht missverstehen! Ich meine…
„Das Problem ist, dass Minnie an den beiden hängt. Als Arthur und Chloe weg waren, kam es zwischen uns zum Streit.“
Du hättest das Telefon abstellen können!
Aber, äh… Minnie…
Ich verspreche dir, beim nächsten Mal wird es ein perfekter Abend!

Und dieses nächste Mal… findet heute statt!
Jetzt verstehen wir Sie, Herr Maus!
Zum Glück braucht mich Kommissar Hunter heute nicht. Er ist mit einem Spezialauftrag beschäftigt.
„Ich glaube, es geht dabei um irgendein hohes Tier."
Ein Hund?
Aber nicht irgendein Hund, Issel!
Wladimir der Schreckliche gilt als der beste Polizeihund, den die Welt je gesehen hat! Er stammt aus einem uralten Geschlecht!
Meine Güte.
Wir haben die Ehre, diese hohe Persönlichkeit eine Woche lang bei uns zu haben. Im Rahmen eines internationalen Austauschprogramms der Polizei!

Ist unser, äh… Gast schon eingetroffen?
Und ob! Zusammen mit Wachtmeister Schmitz!
Fein! Sagen Sie ihm, er soll ihn gleich reinbringen!
KARACKS
?!
Huch!
Hilfe!
Ächz!
Sie sind also… W-W-Wladimir…
Wau!

Nein, Pluto! Das kommt nicht infrage!
Du bist heute Abend nicht eingeladen! Und wehe, du steckst deine Schnauze in den Kühlschrank!
Waff!
Auf, Pluto! Du kommst mit zu mir! Meine Neffen freuen sich schon!
Ich wünschte, ich wäre heute Abend an deiner Stelle, Pluto.
Seufz!
Danke, Rudi! Du bist ein wahrer Freund!
Ach, lass nur! Was ist schon dabei…
„… auf einen Hund aufzupassen?"
KOMMISS HUNTER
Was muss ich da hören? Inspektor Issel will nicht mehr mit Wladimir spielen?

Er langweilt sich wohl.
Er ist doch nicht zum Vergnügen hier!
Sie haben mich nicht verstanden, Kommissar! **Er** langweilt sich!
!
Gähn!
Ich glaube nicht, dass dieser Hund hier bei uns gut aufgehoben ist.
Er müsste ausgeführt werden, aber…
Wir geben ihn einer Streife mit. Es wird Zeit, dass er die Straßen von Entenhausen kennenlernt.
Eine prima Idee!
Mjam! Sieht das lecker aus!
*…entstand ein großer Schaden! Er wurde nicht etwa von den Räubern verursacht, sondern von einem mysteriösen Polizisten…*

Es ist so weit! Fernseher aus!
…den die Zeugen als Vierbeiner beschreib… **krks!**
KLICK
Alles bestens! Jetzt kann es ruhig losgehen!
DING DONG
Na, die sind ja überpünktlich!
Hallo, Micky!
Herzlich willk… **huch!**
Ich wollte dir nur sagen, dass ich dich ganz richtig verstanden habe! Ich soll mich heute Abend hier nicht blicken lassen, oder? Geht klar!
Goofy, bitte!
Aber sag mal, hast du Nudeln im Haus?
Ja, warte!
WUSCH

Gut! Das war es schon, was ich von dir wissen wollte.
MICKY MAUS
Augenblick! Ich komme ja!
DING DONG
SPAGHETTI
Hier! Und guten Appetit!
SPAGHETTI
Seufz!
Danke sehr. Aber gekocht wären sie mir lieber.
Aaah!
MICKY MAUS
Entschuldigung! Ich dachte, es wäre ein Freund!
Verstehe.
SPAGHETTI
In Ihren Kreisen ist es offenbar üblich, einem Freund eine Packung Spaghetti unter die Nase zu halten?
Äh… nein! Das heißt, äh…
SPAGHETTI

Kommissar, da ist die Hundestaffel am Telefon! Wir sollen Wladimir wieder abholen!
Wie bitte? Stellen Sie das Gespräch durch!
Was heißt da Zwangslage? Sie werden doch wohl noch einen bequemen Käfig haben?
Nicht allzu bequem, Kommissar!
POLIZEI-HUNDESTAFFEL
Wau!
Äh… eine Kleinigkeit zum Appetitanregen?
Perfekt! Der geborene Gastgeber!

Eine Kleinigkeit zum Appetitverderben, äh…
Was soll das heißen, junger Mann? Nein, danke!
DING DONG
O nein! Nicht schon wieder!
Äh… das wird mein Freund sein! Ich bin sofort wieder da!
Vergessen Sie die Spaghetti nicht!
RUMS

Ich wüsste doch gern, was Arnold jetzt gerade macht!
?
Äh… 'tschuldigung!
Ich bin… keuch… nur ein bisschen nervös! Wenn ich jetzt an die Tür gehe, ist da unten **kein** Hund!
Na? Fühlen Sie sich wohl?
So sehr ich mich auch anstrenge, ich unterschätze die Fähigkeit dieses Menschen, mich immer wieder zu verblüffen!
Hm…
Darf ich Sie…
…etwas fragen?

Was auch immer Sie wollen, die Antwort ist **Nein!**
MICKY MAUS
Es ist ein Hausierer! Ich schicke ihn nur schnell fort!
Gehen Sie doch schon mal ins Esszimmer!
Aber, Herr Maus, es ist ein Notfall!
Ich sagte Ihnen doch, heute Abend nicht!
MICKY MAUS
Ich bin nicht Ihr Laufbursche! Bringen Sie sofort diesen Hund weg!
Als Kommissar der Entenhausener Polizei weiß ich, wann ich bitten und wann ich zu anderen Mitteln greifen muss!
**Ich flehe Sie an! Buhuhuhuuu! So helfen Sie mir doch!**
PLING
PLONG

**Buhuuu!** Tun Sie mir den Gefallen! Nehmen Sie ihn!
So was!
Ich sagte **Nein!** Und nun gehen Sie!
Nur für diese eine Nacht! Sie kennen sich mit Hunden aus! Sie haben doch auch Pluto!
Meine Frau ist allergisch gegen Hundehaare! Nach allem, was wir zusammen durchgemacht haben…
…können Sie einen guten alten Freund doch nicht so hängen lassen! Wir sind doch Partner!
„Sie können immer auf mich zählen!“, haben Sie gesagt! Wissen Sie noch? Das Lagerfeuer, die Zelte, die Musik…
Seufz!
War es schwer?
Ach was! Ich habe es ihm einfach befohlen!
P

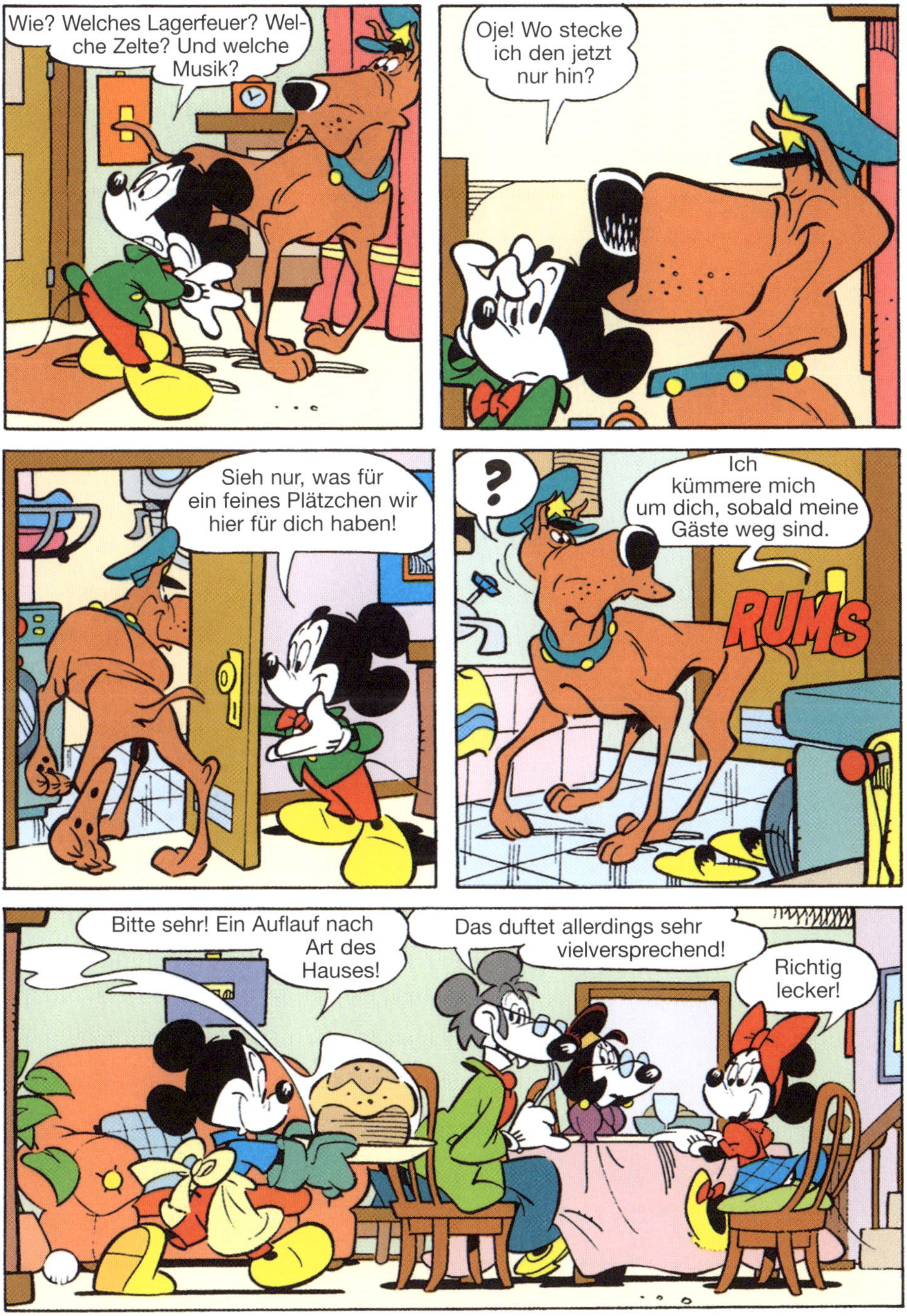
Wie? Welches Lagerfeuer? Welche Zelte? Und welche Musik?
Oje! Wo stecke ich den jetzt nur hin?
Sieh nur, was für ein feines Plätzchen wir hier für dich haben!
?
Ich kümmere mich um dich, sobald meine Gäste weg sind.
RUMS
Bitte sehr! Ein Auflauf nach Art des Hauses!
Das duftet allerdings sehr vielversprechend!
Richtig lecker!

SNIFF

SCHNARCH...
SNIFF
SNIFF
SCHMATZ
GROOAR
Aaah! Was... was war das denn?
Hehe! Ich musste aufstoßen...
Aber... aber... Micky!
Wo ist der Onkel?
Er hat sich das Hemd bekleckert! Und nun...

…ist er im Badezimmer und versucht, den Fleck herauszuwaschen.
Ich bin gleich wieder da!
Sie klopfen wohl nie an, was?
WAMM
Das sieht ja nett aus hier.
Äh… so was ist jetzt modern!
Ach ja, jetzt sehe ich auch, dass hier überall im Bad diese, äh… Löcher sind!
A-alles aufeinander abgestimmt. Ächz!
Gehen Sie nur wieder ins Esszimmer! Ich komme sofort nach!

Ich brauche bloß den Spuren zu folgen. Den habe ich gleich!
SPEISE-KAMMER
Aaa-ha!
Jetzt sitzt du in der Falle, Schurke!
RATSCH
RUMS
!
Gut, dass ich das massive Schloss habe! Ich hatte es eingebaut, weil Mack und Muck immer von der Marme- lade naschten.
KLACK
Alles in Ordnung hier unten?
Hier schon…

Ist das da das Haus?
Ja! Dort steckt er.
MICKY MAUS
?
Lang nur tüchtig zu!
Oh, danke.
!?
BROCH
Was ist das für ein Lärm? Das hört sich ja an, als…
…würde jemand eine Tür aufbrechen!
KRACKS
Jetzt reicht es mir aber!
Was hat er denn schon wieder?
Ich weiß nicht, Tante.

Mut hat er, unser Meisterdetektiv!
Wir stören doch nicht? Die Tür stand offen… nachdem wir etwas damit gespielt hatten!
P-Paule Peter! O nein!
Wer ist denn das, Micky?
Ein bekannter Ganove! Aber hab keine Angst, Minnie! Ich bin ja bei dir!
Endlich lerne ich meinen ärgsten Feind mal von Angesicht zu Angesicht kennen!
Hmpf… sehr erfreut.
Die Stunde der Rache naht!
Äh… Paule! Hier bin ich!
Arthur Mausitzke!
Glaubst du, du kannst mir Angst machen, Paule?

Wa-was bedeutet das?
Hm… allerdings!
Es ist wohl an der Zeit, dir etwas zu erklären.
Minnie, dein Onkel ist kein, äh… Versicherungsvertreter, wie wir dir immer erzählt haben.
„In Wirklichkeit leitet er eine streng geheime Einheit der Polizei, die überall auf der Welt gegen das Verbrechen kämpft."
Das ist auch der Grund, warum ich immer gegen deine Verlobung mit Micky, äh… Herrn Maus war. Ich weiß, wie gefährlich es ist, Verbrecher zu jagen.
Aber, Tante! Bei Micky fühle ich mich sicher!
Schön wär's, Puppe! Hehe!
Iiih!

Ob dein guter Onkel Arthur dich wohl lieb genug hat, um mir jetzt die Namen seiner Kollegen zu verraten?
Schurke!
GRROOAAR
Huch! Wa-was ist das?
Grrr!
Schluck! Wer ist das denn?
Rawuff! Knurr! Wau! Wau!
Ahauaa!
GROAAR
KNUFF
HAPS
Hilfe!
Die nehme ich lieber an mich!

Sch-schon gut! Wir ergeben uns!
Großartig! Dieser Hund gehört offenbar zu… **uns!**
Stimmt.
Ich rufe jetzt die Polizei!
Du warst große Klasse! Aber wie hast du das Schloss geknackt?
Ah! Hihi! Die Kralle ist so eine Art Dietrich!
Können Sie mir verzeihen, Micky?
Alles vergeben und verges-sen… lieber Kollege!
Du und Micky, ihr seid ein schönes Paar!

Auf Wieder-sehen!
Aber gern! Und nicht erst wieder in einem Jahr! Ver-sprochen?
Hüstel… Herr Maus?
Ich dachte, räusper… vielleicht… vielleicht könnte Wladimir noch ein paar Tage bei Ihnen bleiben?
Aber sicher! Ich bin ihm schließlich was schuldig!
Genau! Aber da könnten Sie doch auch gleich noch Leo und Bruno aufnehmen!
Sie sind zwar nicht ganz so fried-lich wie Wladimir, aber…
Kreisch!
ENDE

# Räuber und Gendarm

Created 1989

**Unbekannt** (Story), **Paulo Renato da Costa Noely** (Zeichnungen)

Und wo trägt sich all das zu? Tja, ausgerechnet im Viertel, wo Wachtmeister Donald Duck wacht, nun ja, zumindest wachen soll...
Oha! Der Chef persönlich?
718
SKRIIITSCH
Wissen Sie, was hier drin ist, Kollege Duck?
Ei-eine Überraschung für mich?
Für mich war es keine! Das sind alles Briefe von Leuten aus diesem Viertel, die beraubt wurden – und die sich darum über Sie beschweren!
WOMPFF
**Büüüttääà!** Nehmen Sie endlich diesen Raffner fest! Wenn nicht, sind nicht nur Sie dran – die da oben versetzen mich nach Werweißwo! **Rabääääh!**
Und wissen Sie, wie gern ich in Werweißwo bin, hm? Geschweige denn dort arbeiten möchte? Na, wissen Sie es?
Gulp! N-nicht so gern wie in E-Entenhausen, richtig?

Kommen Sie mir jetzt bloß nicht auch noch mit frechen Antworten! An die Arbeit, und ausnahmsweise mal wirklich!
Urks!
Puh... jawoll, Chef! Wird gemacht, Chef! Sie können mir da absolut vertrauen.
Dieser Raffner ist allerdings ein fieser Zeitgenosse. Der macht vor nichts und niemandem halt...
WRUMM
...außer in Bälde vor der Macht des Gesetzes! Sprich: mir! Dem wackeren Wachtmeister Donald Duck!
Schritt eins zum Fahndungserfolg: Einsatzbereich überwachen!
SAUS
Von diesem erhöhten Aussichtspunkt aus entgeht mir nicht mal eine flugverbotverletzende Florfliege.

Und schon gar nicht Raffner. **Gulp!** Da ist er schon...
...ich muss ihm hinterher, aber zu Fuß wird das nichts. Ha, ein Laster!
Der kommt mir gerade recht – und er fährt zügig in die richtige Richtung.
Das ist Einsatz im Einsatz, was? Wenn das der Chef sähe.
WOPP
Verflixt! Nicht abbiegen! Falsche Richtung!
046
**Grmpf!** Sonntagsverfolgungsfahrer! Vermasselt der mir doch glatt in seiner Unbedachtheit die Festnahme!
Letztlich ein Glück, dass der Chef das doch nicht gesehen hat.
310
Aha! Sichtkontakt wiederhergestellt! Raffner, ich hab dich!

**Polizei!** Ihr Fahrzeug ist vorübergehend konfisziert! Sie fahren, los!
FLOFF
**Ha-haa!** Hab dich, Hinter-hältling!
Heieiei! Voll daneben. Wie peinlich!
Urgl!
DOMPF
Ah, zwei zum Preis von einem heute? Reiche Beute! Deine Brief-tasche nehm ich auch, Polyp.
Und den Ersten, der die Polizei ruft, kriege ich dran – **peng!** Ich finde euch, kapiert?
Pfah, wozu denn die Polizei rufen, die kann sich ja nicht mal sel-ber schützen.
FLÜCHT

Das wird mir der Kerl büßen!
Aber wo ist er abgeblieben?
Verzeihung, dürfte ich Sie etwas fragen?
ÄPFEL
Verflixt! Das ist Ralf Raffner selbst.
Klaro, Kleiner!
Was willst du denn wissen, hm?
Was aus Schurkensicht das beste Mittel ist, um die Platte zu putzen.

Da fragst du den Falschen, hehe! Ich mag's schmutzig. Und wenn ich eine Platte auflege, tanzen üblicherweise die anderen.
Was ich aber gar nicht mag, ist Verstärkung in Uniform.
Ein Mucks von dir und...
**...peng!** Ja, ich habe es verstanden.
Ah, Duck, hatte ich doch recht gesehen! Der Chef schickt mich – mit Ihrem Versetzungsbefehl.
**Nein und nochmals nein!** Nennt er das eine faire Chance? Das kann er nicht machen!
Kann er und macht er. Und ich werde Ihnen in diesem Viertel nachfolgen und endlich diesen Raffner schnappen.

Banditen wie den erkenne ich einen Kilometer gegen den Wind!
He, Kleiner, wolltest du nicht eh die Platte putzen? Komm, ich nehme dich mit!
Hm, Duck hat mir die ganze Zeit zugeblinzelt. All der Stress wird ihm doch wohl keinen nervösen Tick beschert haben?
WROMM
Versetzt! Gedemütigt! Entehrt! Saheufz! Das war's!
Nun muss ich dich aber leider wieder loswerden.
184
Noch hundert Meter... städtische Mülldeponie...
Oh, stimmt! Danke für den Tipp und die Erinnerung.
Nee, nee! So einfach wirst du mich nicht los. Kampflos jedenfalls nicht, du Schuft!
He, was soll das denn werden?
Hilfe!
KABRAKK
MÜLL

STÜRZ
MÜLL
Na, wer hat jetzt in den Müll gegriffen – oder riecht zumindest so?
STÄDTISCHE MÜLLDEPONIE
Versetzung?
Da ist unser toller Wachtmeister!
Danke! Schön, wenn man auch mal Respekt und Anerkennung bekommt.
Ihr Chef ist bestimmt sehr stolz auf Sie, Duck.
O ja! Aber er wusste natürlich immer, dass er auf mich zählen kann, dass ich unbeugsam bin, mutig, geschickt...
Umpf!
Was war das denn?
Nichts, nichts... nur ein kleiner Ausrutscher.
**Polizei!** Bitte beschützt uns vor unserem mutigen und geschickten Wachtmeister!
ENDE

Created 2010

**Valentina Camerini** (Story), **Andrea Ferraris** (Zeichnungen)

Und natürlich ist auch die Abteilung GAG* vor Ort!
Halt! Polizei! Pfoten von der Pfanne und pfeilgerade gestanden!
?
*Garantiert astreiner Genuss.
Wir achten darauf, dass hier keiner klammheimlich aus der Reihe der Regeln kocht!
He!
Um das sicherzustellen, müssen wir jedes Gericht auf das Sorgfältigste kosten!
Wir schmecken alles!
Ja, aber bitte lasst noch etwas übrig für die Jury!
D-dieser Duft! Das ist doch… Lasagne!
SCHNUPPER
Das kann nicht sein, Franz! Heute werden nur Vorspeisen zubereitet!

Meine Nase sagt etwas anderes…
Mjam!
KLOPS
Was habe ich gesa... **agh?**
Der wiegt ganz blöde!
Kein Wunder, bei dem Beruf.
Uff! Geschafft!
Wer sind die beiden geheimnisvollen Entführer? Um das zu erfahren, müssen wir ihnen folgen...
VROOMM

...bis zu ihrem Schlupfwinkel!
Sollte er nicht langsam wieder aufwachen?
Ich glaube, der ist nicht mehr bewusstlos. Der pennt einfach!
zzz...
Zzz... ups?
Na bitte! Unser Gast gibt sich die Ehre!
Wir haben Sie entführt, Franz! Sie bleiben eine Weile bei uns!
Gähn! Zeit für einen Imbiss. Wo bin ich?
Nein! Dann verpasse ich die MeKreKö! Bitte entführt mich nächste Woche!
Geht nicht!
Weil in dieser Woche alle Köche versuchen, bei dem Wettbewerb ihr Bestes zu geben!
Und warum darf ich da nicht dabei sein?

Weil ich die Kollegen dann leichter sabotieren und den Wettbewerb gewinnen kann!
REIB
Dein Plan ist wirklich perfekt, Bruder!
Er ist wie meine Küche, Brüderchen... genial!
Jetzt erkenne ich Sie! Sie sind Victor Versalsez, der Koch!
Höchst-persönlich!
Und das ist mein Bruder, Vinzlaus „Rübchen“ Versalsez!
Die GAG wird Sie beide dingfest machen!
Daraus wird wohl nichts!
Bis später! Ich gehe zum Wettbewerb, um die beste Vorspeise zu gewinnen.

Wenn Sie sich bitte etwas mäßigen würden, ja?
Ich kann nicht! Ich habe ganz schreck-lichen Hunger.
GURGEL! KNURR!
Na schön! Ich spendiere einen Teller Rübenbrei!
Na ja. Besser als nichts.
LABBER
Seufz! Ich bin ein ver-kannter Koch. Keiner mag meine Rübchen so recht mögen.
Ah, ich erinnere mich! Sie haben mal in der „Runkelrübe“ gekocht!
Genau! Und später habe ich die Welt bereist, auf der Suche nach neuen Rübenrezepten!
Rezepten, mit denen ich die MeKreKö ge-winnen kann!

Inzwischen, in der Stadt...
VICTOR VERSALSEZ
Reisbrei mit Muscheln und Melonen! Das macht mir so bald keiner nach!
Und zur Sicherheit sorge ich dafür, dass mir auch keiner etwas vormacht!
Siedfried Sudlnup, der König der Nudelsuppe. Der ist eine Gefahr.
Seine Suppen und Eintöpfe sind kaum zu schlagen. Normalerweise!
Dass der Jury das konzentrierte Gorgonzolaaroma schmeckt, bezweifle ich sehr!
BLUBBER

Schnell! Da lang!
Oh! Diese Serviette gehört Franz! Von der trennt er sich nie!
Chef! Schauen Sie sich mal diesen Apparat an!
Schnüffel! Das riecht nach Lasagne!
SCHNÜFFEL
SCHNÜFF
Den Duft hat Franz gerochen, ehe er verschwunden ist!
Klarer Fall! Mit dieser Gemeinheit hat man den armen Kerl in die Falle gelockt!

Röchel. Ich bin erschüttert.
Gorgonzola in einer Malvenblütensuppe. Das ist hart.
...
So zerkocht man eine Karriere bis zur Unkenntlichkeit!
Nun denn, kommen wir zum letzten der Konkurrenten.
Was haben Sie uns Köstliches bereitet, verehrter Kollege Versalsez?
Es kostet sich konfliktfrei.
Und kaut sich komfortabel.
Der Fall ist klar!
Der Sieger des Tages heißt Victor Versalsez, für die kreativste Vorspeise!
KLATSCH KLATSCH

Zur selben Zeit, an einem anderen Ort...
Gnade! Haben Sie Mitleid! Ich kann nicht mehr!
Kein Rübenschnitzel auf Rübenpüree? Was soll es denn sonst sein?
Egal was! Aber etwas mit anderen Zutaten!
Gelbe Rüben?
Wagen Sie es nicht.
Rote Rüben?
Nein!
Sie sind aber auch wählerisch. Also was nun?
Wären ein paar Löffelchen ganz gewöhnliche Lasagne zu viel verlangt?
Hm! Habe ich richtig gehört? Sie möchten Lasagne?
Knurr!

Na gut! Aber hören Sie mit der Grummelei auf, die geht mir auf den Geist!
GRUM-MEL!
Ich gebe mir Mühe!
Und schlage vor, Sie kochen nach meinem Rezept, dann ist uns beiden gedient!
...weniger Karotten, mehr Zwiebeln und Knoblauch...
...den Teig ganz fein ausgerollt. Er darf auf keinen Fall reißen...
Und keine Rüben!
Viele Anweisungen später...
Bewunderung, bitte! Ich habe die höchste Punktzahl des Tages erreicht!

Nanu? Hier duftet es aber ungemein einladend!
SCHNÜFFEL
Finger weg! Das ist meine Lasagne! Die ist besonders!
Bemerkenswert, in der Tat!
Schlürf! Köstlich!
Dafür habe ich auch den gesamten Kühlschrank verfeuert!
Ja, das stimmt, es ist eine recht gehaltvolle Interpretation geworden.
Mampf... Mayonnaise... Salami... Thunfisch... tollkühn!
In aller Bescheidenheit. Hüstel.
Morgen sind die Tellergerichte dran. Und ich habe eben das siegreiche Rezept entdeckt!

Am nächsten Tag...
Die Entführung von Agent Franz war ein Glücksgriff!
VICTOR VERSALSEZ
Aber auf das Glück allein soll man sich bekanntlich nicht verlassen.
Dank der präparierten Auberginen wird die Konkurrenz mit Schimpf und Schande scheitern!
GUTFRIED GUSTO
BLUBBER
Hier sind die Auberginen, die Sie bestellt haben, Herr Gusto!
Fein! Sie geben dem Rezept den letzten Schliff!
GUSTO
Von wegen! Den letzten Stoß versetzen sie ihm! Hehehe!

Und am Ende des Tages...
Mayonnaise in der Lasagne. Sehr innovativ!
Ein glasklarer erster Platz, würde ich meinen.
Mayonnaise?
Ganz schlimm lecker, doch.
Derweil...
Hilfe!
Schnief... diese Äpel...
Was soll sein mit denen?
Die erinnern mich an den Apfelkuchen der Frau Großmutter.
Essen ist Ihr Ding, habe ich recht?
Gibt es irgendetwas, das Sie nicht hungrig macht?
Fünf Teller Kartoffelsuppe. Die machen mich müde.

Hallo! Hier kommen ein paar Rübchen für euch beide!
ROMS
Und nun brauchen wir einen Nachtisch für morgen!
Originell muss er sein, neuartig und überraschend!
Ein Apfelkuchen!
Sie können die Äpfel dort draußen verwenden.
Gute Idee! Mit Sahne...
...und aus Rübenmehl!
Keine Rüben! Wir benötigen...
...Mascarpone, Nüsse, Karamell...
...und Kastanienmarmelade!
Großartig! Damit haben wir den Sieg in der Tasche!
KRITZEL

Am nächsten Tag dann...
Heute gibt es Rübencreme-suppe!
Seufz!
Aber wenn Sie den Wettbewerb gewonnen haben, lassen Sie mich laufen, ja?
Zuerst müssen Sie allerdings das hier kosten!
Konzentriertes Rübenaroma! Davon verliert man das Be-wusstsein!
Und als netten Neben-effekt raubt es einem das Gedächtnis!
Uack!
„Dieses Fläschlein hat man mir einst in Absurdistan zum Gastgeschenk gemacht!"
Nimm, fremder Freund, und wende es wohl an!

Wir werden Sie hier zurück-lassen.
Früher oder später wird Sie gewiss jemand erkennen und nach Hause bringen.
Das ist gemein!
Und derweil werden wir von dem Preisgeld ein Restaurant eröffnen!
ZUR LACHENDEN RÜBE
Dort werde ich aber ganz bestimmt nicht essen!
Dann kann ich nach Lust und Laune meine Rübchenrezepte kochen!
Den Ge-brüdern Versalsez steht eine große Zukunft bevor!
Hinter Gittern!

Keine Bewegung! Binden Sie Agent Franz los!
Das... das ist nicht logisch!
Mir schnuppe. Sie sind verhaftet, Vinzlaus „Rübchen“ Versalsez!
Aber wie sind Sie mir auf die Schliche gekommen?
Das haben wir dem Kollegen Franz zu verdanken!
Wirklich? Wie kommt denn das?
Erklärungen später! Jetzt haben wir keine Zeit zu verlieren!
Was gibt es denn so Eiliges zu erledigen?
Wir müssen die Preisverleihung des Wettbewerbs verhindern!
VROOMM

Und der Sieger des Wettbewerbs heißt...
EKREKÖ
**Victor Versalsez!** Sie sind verhaftet!
**A-Agent Franz!** Wie haben Sie sich befreit?
Ich habe nichts gemacht! Wie immer.
Das ist unerhört!
Nicht so bescheiden! Franz hat Kontakt zu uns aufgenommen, hellwach, wie er ist!
Gähn! Ist das alles aufregend. Ich bin hundemüde.
Uns war klar, dass der Entführer nur einer der Köche sein konnte. Aber welcher?

Ihre Lasagne war die Antwort! Das Rezept stammt von Franz, richtig?
Ja, das stimmt!
Mayonnaise in der Lasagne! Darauf kann nur Franz kommen!
Das ist eine meiner höchst persönlichen Zutaten!
Also lag der Verdacht gegen Sie auf der Hand!
Das ist leider nachvollziehbar.
„Und dann haben Sie kiloweise Rüben gekauft!"
Allein Franz ist in der Lage, solche Mengen zu vertilgen!
Und nur Ihr Bruder kocht ausschließlich mit Rüben!
Ich mag die halt.

Tja. Nun galt es bloß noch herauszufinden, wo Sie Franz versteckt hielten!
Also haben wir Sie beobachtet! Aber Sie sind ein gerissener Bursche!
„Sie haben sich eine Menge Ablenkungsmanöver einfallen lassen!“
BREMS
Da! Belegte Brote! Wir müssen klären, ob der Belag auch frisch ist!
Aber den Apfelkuchen hätten Sie dann besser nicht gebacken!
Damit hat uns Franz einen glasklaren Hinweis gegeben!
!

„Denn die Äpfel, die Sie verwendet haben, wachsen nur auf einer einzigen Plantage vor den Toren der Stadt!“
Danach war es ein Kinderspiel, Ihr Versteck ausfindig zu machen!
Aber was wird denn nun aus dem ersten Preis?
Wir sollten nicht vergessen dass die Siegerrezepte allesamt von Franz stammen!
Dann habe ich auch irgendwie gewonnen!
Aber eine leere Schüssel mag ich nicht haben. Da muss schon etwas drin sein!
?
Was, ist mir ganz egal! Bloß keine Rübchen, bitte!
Haha! Haha!
ENDE

**Jerry Siegel** (Story), **Giorgio Bordini** (Zeichnungen)

In der Nähe...
Ziel auf die Reifen!
Tu ich doch schon die ganze Zeit!
PENG
PENG
Plötzlich...
Huch!
BSSS
WROMM
Verschwin-de!
BSSS
Da...
BSSS
PIEKS
Aua!
Ich bin von der Bahn abgekommen!
KRACH

Gustav, sieh doch! Donald rast genau auf ein Auto zu!
Oje!
Aaah!
KRACH
Groß-artig!
Auweia! Da habe ich etwas Schönes ange-richtet.
Als Chef der Streifenpolizei möchte ich Ihnen meinen Dank ausdrücken.
Wo-wofür?
Sie haben darauf verzichtet, das Rennen zu gewinnen, um diese Verbrecher aufzu-halten.

Leute wie Sie kann ich brauchen. Wenn Sie also an einer Stelle als Streifenpolizist interessiert sind…
Streifenpolizist? Das wäre nicht schlecht!
O Donald! Ich bin ja so stolz auf dich!
Er und Streifenpolizist?
Da lachen ja die Hühner!
Lach du nur!
Diesem aufgeblasenen Gimpel werde ich es schon zeigen!
Also dann, viel Erfolg!
Danke! Ich werde mein Bestes tun.

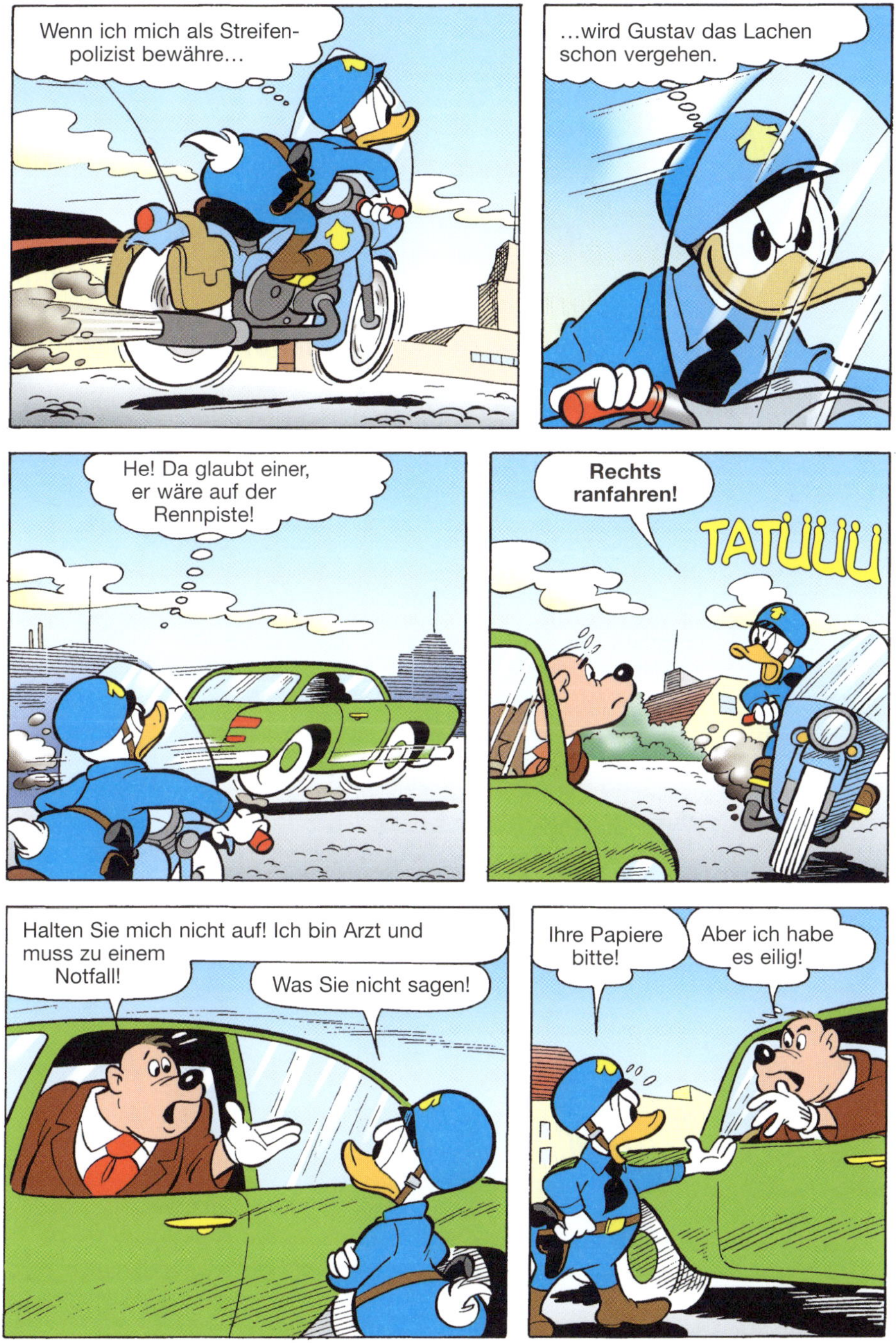
Wenn ich mich als Streifen-polizist bewähre…
…wird Gustav das Lachen schon vergehen.
He! Da glaubt einer, er wäre auf der Rennpiste!
Rechts ranfahren!
TATÜÜÜ
Halten Sie mich nicht auf! Ich bin Arzt und muss zu einem Notfall!
Was Sie nicht sagen!
Ihre Papiere bitte!
Aber ich habe es eilig!

Reden Sie nicht lang! **Die Papiere!**
Unerhört!
Auch ein Arzt muss sich an die Verkehrsregeln halten.
Der war ganz schön sauer! Soll er doch!
Später auf der Wache…
Sie sollen zum Chef kommen!
Was er wohl will?
WACHTMEISTER
Sie haben Doktor Waldheim aufgehalten!
Ja! Zu Recht!
Eben nicht! Wenn ein Arzt zu einem Notfall gerufen wird…

…muss man schon mal eine Ausnahme machen!
Ver-stehe.
WACHTMEISTER
Raus! Und dass mir das nicht noch einmal vorkommt!
Bestimmt nicht!
Dumme Sache! Vielleicht hatte Gustav doch nicht so unrecht!
HAUPTWACHE
Ach was! Einen Schnitzer kann jeder mal machen!
Kurz darauf…
Schau an, wer da kommt! Armes Entenhausen!
Huhu, Donald!
Hallo, Daisy!

Huch! Ich kann die Maschine nicht mehr halten.
SCHWUPP
PLATSCH
Dann…
Sie wollten sich hier wohl als Motorrad-Akrobat aufspielen…
…um bei der Dame Eindruck zu schinden!
Aber nein! Ich…
Reißen Sie sich zusammen, Mann! Sonst…

Du bist dem Job eben nicht gewachsen, lieber Vetter!
Halt dich da raus!
Aufhören!
Die behalten dich keine Woche! Wetten?
Von mir aus!
Wie konntest du nur, Donald? Du weißt doch ganz genau…
…dass ich ein Schoßkind des Glücks bin und noch nie eine Wette verloren habe.
PATSCH
Stimmt! Aber mir ist einfach der Gaul durchgegangen.
Dann…
Ach was! Nur nicht einschüchtern lassen!
WRUMM

Sieh mal einer an! Onkel Dagoberts Auto! Genau vor einem Hydranten!
DD BANK
DD
Warum?
Hast du den Hydranten nicht gesehen?
Nein! Weil er noch nicht da war, als ich vorhin hier geparkt habe!
Ach? Du meinst, der Hydrant…
…hat sich selber hierhingestellt, nur um dich zu ärgern?
Donald, wenn ich sage…
Was er sagt, stimmt!

So? Und woher willst du das wissen?
Ganz einfach…
Weil ich es war, der den Hydranten hier aufgestellt hat.
Es ist nur eine Attrappe! Haha!
Reingefallen, Donald!
Schluck! Der Chef hat alles gesehen!
BREMS
Können Sie einen echten Hydranten nicht von einer Attrappe unterscheiden, Sie Niete?
Tut mir leid! Ich…

Reißen Sie sich zusammen, Mann…
…oder Sie sind die längste Zeit Polizist gewesen!
Hehe!
Wenn ich jetzt noch einmal unangenehm auffalle…
…gewinnt Gustav die Wette! Seufz!
Herr Schutzmann!
Schnell, fahren Sie mich zu einem Tierarzt! Meine Mieze ist krank!
Steigen Sie auf!

Fahren Sie, so schnell Sie können, junger Mann!
Wieso werden wir verfolgt?
TATÜÜÜ
Der Chef! Was will er bloß?
Halt!
Was tun Sie denn jetzt schon wieder?
Die alte Dame hat mich gebeten…
Alte Dame? Pah! Das ist ein verkleideter Verbrecher!
Bisschen naiv, Ihr Beamter!
Kann man wohl sagen!
KRACKS

Ich warne Sie jetzt zum allerletzten Mal!
Haben Sie verstanden?
Jawohl, Chef!
Gustav hat alles mitgekriegt. Seufz!
Haha! Gib's auf, Donald! Die Wette verlierst du ja doch!
1111
Am Abend…
Mal sehen, was…
KLICK
In den Nachrichten…
Das Motorrad-Phantom befindet sich immer noch auf freiem Fuß…

Ich werde den Kindern mein Herz ausschütten.
KLICK
…was ich auch mache, immer geht es schief. Gustav hatte wohl doch recht.
Aber nein!
Du hast bloß Pech gehabt!
Versuch's noch mal!
Na schön! Aber viel versprechen tue ich mir nicht davon.
Und so…
Oh! Das Motorrad-Phantom!
WRUMM

Jetzt werde ich allen zeigen, wie sehr sie mich unterschätzt haben!
WRUMM
Gleich darauf…
Nur noch fünf Säcke, dann…
Ein Knopfdruck genügt. Hehe!
GRAPSCH GRAPSCH
Ich bringe dir dein Geld zurück!
Beeil dich!

Die erbarmungslose Jagd geht weiter…
WRUMM
BREMS
Auf die Verkehrsregeln kann ich jetzt keine Rücksicht nehmen!
Hilfe!
Verflixt! Eine Sackgasse!
Mit Vollgas zurück!
WRUMM

Mach Platz, oder es passiert was!
Jetzt geh ich aufs Ganze!
KRACH
P
HAUPTWACHE
WUMS
KRACH
Ausgerechnet vor der Polizeiwache musste das passieren!
HAUPTWACHE
Halt! Dein Spiel ist aus!

Mitkommen!
Eine Behandlung ist das! Unerhört!
Sperrt ihn ein!
Er hat das Motorrad-Phantom gefangen!
Später...
Nett von euch, dass ihr gekommen seid, um meinem Triumph beizuwohnen!
Lasst euch umarmen, meine geliebten Talerchen!
Gratuliere, Herr Duck! Da haben Sie einen tollen Fang gemacht!
Diesmal hat dich dein Glück im Stich gelassen, wie?
Tja! Sieht fast so aus!

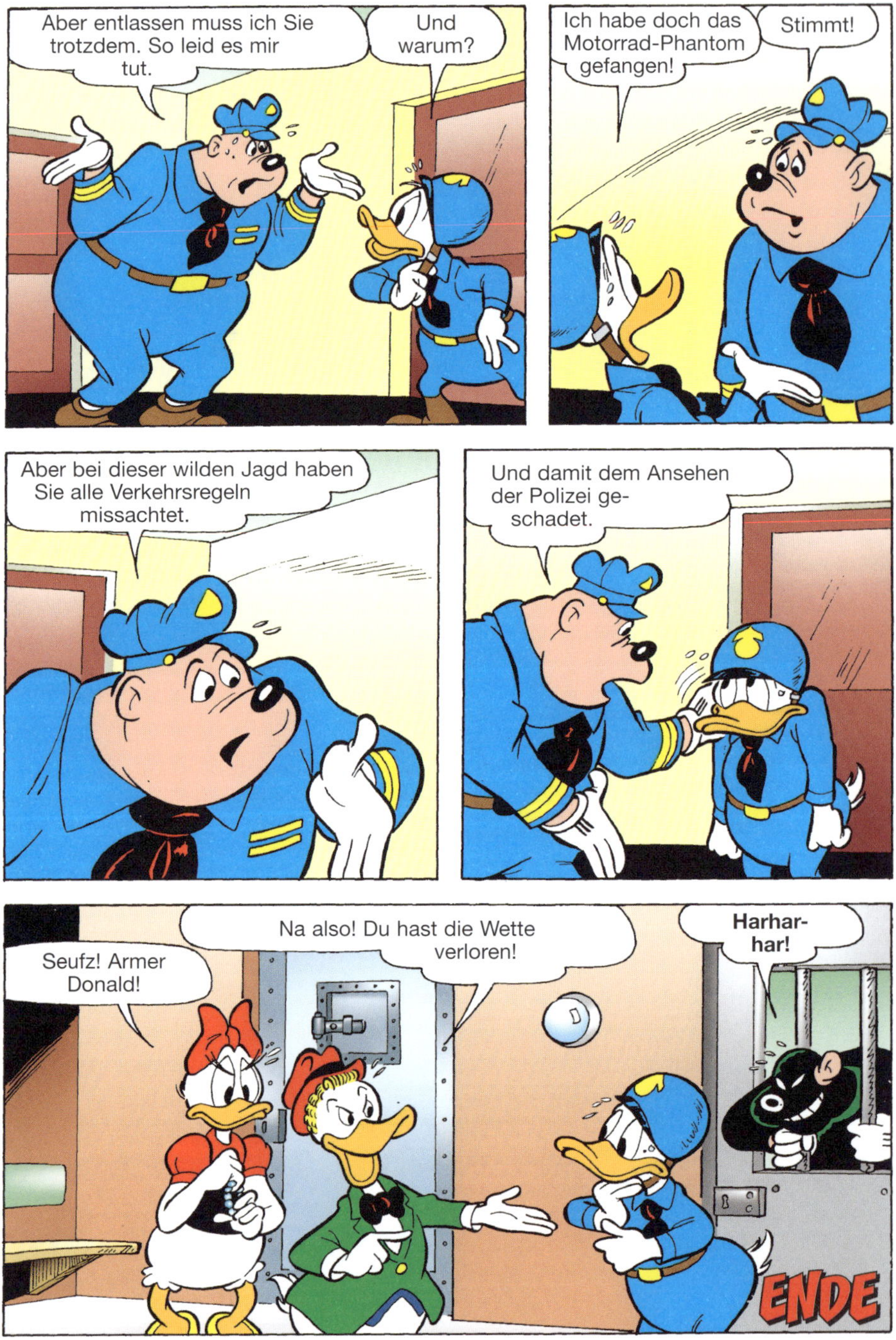
Aber entlassen muss ich Sie trotzdem. So leid es mir tut.
Und warum?
Ich habe doch das Motorrad-Phantom gefangen!
Stimmt!
Aber bei dieser wilden Jagd haben Sie alle Verkehrsregeln missachtet.
Und damit dem Ansehen der Polizei geschadet.
Seufz! Armer Donald!
Na also! Du hast die Wette verloren!
Harhar-har!
ENDE

**Matteo Venerus** (Story), **Marco Palazzi** (Zeichnungen)

BIEP
BIEP
BIEP
58186
Das war der mit Abstand leichteste Bruch meines Lebens. Und das verdanke ich nur diesem Polizisten.
Und ganz in der Nähe...
ZENTRALBANK
Du strahlst ja so! Hat alles geklappt?
Und ob, hehe! Wie am Schnürchen!
**Mann!** Das ist vielleicht ein schöner Batzen Geld!
Und das verdanken wir nur diesem Polizisten!

Ein paar Tage später...
Wie war das? Sagten Sie eben... **zwei** Polizisten, Herr Kommissar?
Richtig! Das sind die Brüder Bull und Bill Beinhart. Sie sind erst seit Kurzem bei der Verkehrspolizei.
Vor zwei Nächten hatten sie Dienst vor der Nationalbank und der Zentralbank.
Das heißt also, in der Nacht der Überfälle, bei denen...
...Juwelen und Bares im Wert von mehreren Millionen entwendet wurden, wenn ich nicht irre.
Die beiden Überfälle liefen nach demselben Schema ab. Die Täter handelten blitzschnell und ohne Spuren zu hinterlassen!
Dann müssen sie die Bauart der jeweiligen Alarmanlage genau gekannt haben!
Glauben Sie denn, diese beiden Beinhart-Brüder sind in die Sache verwickelt?
Das könnte gut sein! Der Polizeichef verlangt daher eine geheime Untersuchung!

Wenn das die Öffentlichkeit erfährt, sieht die gesamte Polizei gleichermaßen dumm aus!
Das ist zu befürchten!
Und um das Ganze möglichst von den Medien fernzuhalten, läuft unsere Untersuchung unter dem Decknamen „Operation Papiere bitte“!
Netter Name! Und was steckt dahinter?
Ganz einfach! Wir schleusen zwei unserer besten Leute bei unseren lieben Kollegen ein, die dort ermitteln sollen!
Ups! Auweh!
Nur wir drei hier im Raum und der Chef der Verkehrspolizei wissen von der Operation!
Wir drei? Steinbeiß und ich sollen also ermitteln?
Genauso ist es! Sie beide werden meine Spione sein!
Na klar! Wer auch sonst?
Weil wir die Besten sind, oder?
Nein! Das ist eine Sache der Tarnung! Sie beide kann ich am unauffälligsten da reinbringen! Also passen Sie auf...

Raus! Ich will Sie hier nie wieder sehen!
Huch!
Hör dir das mal an: „Außerirdische haben das Team vom Traumschiff entführt!“
Oder die Aliens haben jemanden für ihren Weltraumzoo gesucht!
Die haben wohl Raumschiff und Traumschiff verwechselt!
Bericht
Sie werden für den Rest Ihres Lebens den Verkehr regeln! Ist das klar?
KOMMISSAR HUNTER
Diesmal meine ich es bitterernst! Und jetzt hauen Sie bloß ab!

Also...
Ich nehme an, Sie wissen bereits, wie delikat die Sache ist!
VERKEHRSPOLIZEI
Also ermitteln Sie, meine Herren, aber fallen Sie auf keinen Fall auf!
Alles verstanden, Chef!
Ihr erster Arbeitsplatz ist die Kreuzung Tulpen- und Breitstraße! Da ist schon wieder eine Ampel ausgefallen! Sie müssen also den Verkehr regeln!
Wird gemacht!
Für Sie werden wir sicher auch noch eine leichte Aufgabe finden!
Stöhn.
Was machen Sie denn für ein missmutiges Gesicht? Denken Sie an unseren Auftrag!
Mir liegen die Witze unserer Kollegen schwer im Magen!
Die nennen mich nur noch „Inspektor Assel“ und sagen, wir beide seien nun bei der „Verkehrt-Polizei“!
Der pure Neid, hehe!
UMKL

Und dann...
Sieh an, zwei Frisch... äh, Neulinge! Sehr erfreut! Ich bin Benno Böker!
Hallo!
ISSEL
Ja, so begeistert sah ich damals auch aus, als ich hier anfing! Aber das gibt sich! Hihi!
Ist es hier wirklich so schlimm?
ISSEL
Das kann ich Ihnen sagen! Ein Hungerlohn, unerträgliche Kollegen, ein eitler Chef, dusselige Autofahrer... und dann noch die Fußgänger! Die sind am schlimmsten!
Schluck!
Zum Glück habe ich immer mein Kündigungsschreiben bei mir! Das lese ich, wenn es mir ganz dreckig geht, und träume dann von der Zeit danach!
Äh... und warum kündigen Sie dann nicht gleich?
Ach, weil... na ja, weil...

Weil ein Polizist zuerst an seine Arbeit denkt und an sich selbst zuletzt!
Auch wenn wir von allen immer nur mies behandelt werden!
J-ja, stimmt genau!
Hallo! Ich bin Bill Beinhart und das ist mein Bruder Bull!
Ja, das wissen wir... **autsch!**
Ich bin Steinbeiß! Und das ist Issel!
Na dann, willkommen in unserem Team!
Wenn Sie Fragen haben, dann fragen Sie uns ruhig!
Danke, das werden wir!
Ich wollte noch etwas sagen...
Später, Kollege Böker! Später!
Hm... die Brüder Beinhart spielen hier offenbar die netten Kameraden!
Wir werden sie schon noch enttarnen! Jetzt aber erst mal an die Arbeit!

„Pfieeet!“
Haben Sie rein zufällig schon mal etwas von Geschwindigkeits-beschränkung gehört?
Fein! Und jetzt: Führerschein und Papiere bitte!
Genau! Das wollte ich gerade...
**He!** Eigentlich war das eben doch mein Text!
**Herr Maus!** Was treiben Sie denn hier?
Ich wollte nur mal sehen, wie Sie sich so auf der Straße bewähren!
Kommissar Hunter war diesmal wohl ziemlich sauer auf Sie, was?
Ja, aber man sollte die Tätigkeit eines Verkehrspolizisten nicht unterschätzen!
Wenn man immer bestimmt, aber freundlich auftritt, mögen die Leute einen sogar!
QUIETSCH

Entschuldigen Sie, gibt es hier in der Nähe eine Autowerkstatt?
Ja! Fahren Sie an der nächsten Ampel rechts!
WROMM
Warum? Was hat Ihr Wagen denn für ein Problem?
Die Bremsen sind wohl kaputt!
Und da fahren Sie trotzdem damit herum? Die Papiere bitte!
Soll das ein Scherz sein?
Keineswegs! Wie kommen Sie darauf, Herr... Dobermann?
Diplom-Ingenieur Dobermann bitte! Ich protestiere energisch!
Lieber Herr Dipl.-Ing., wie Sie sehen, ziehe ich gerade meine Handschuhe aus! Und immer wenn...
...ein Polizist das tut, meint er es ernst! Stellen Sie bitte den Motor ab!
Drücken Sie doch ein Auge zu!
Tu ich gern! Zufrieden?
Sehr witzig! Ich meinte, im übertragenen Sinne!
Schluss damit! Jetzt wird es ernst!
1151O

„Jede Stadt hat neuralgische Punkte in ihrem Straßennetz! So auch Entenhausen: Zu bestimmten Zeiten geht es dort hoch her.“
STOP
„Zum Beispiel zur Mittagszeit, wenn keiner auch nur eine Sekunde seiner Essenspause vergeuden möchte.“
„Manchmal behindern auch Schulbusse den Verkehrsfluss! Besonders wenn sie stillstehen, weil die Schüler den Fahrer ausgesperrt haben.“
SCHULBUS
SCHULBUS
„Wenn dann noch spielende Kinder oder gebrechliche Personen auf den Straßen sind, können die Emotionen schnell überkochen.“
HOTEL
QUIETSCH

„Doch ein geübter Verkehrspolizist verliert auch in diesen Augenblicken nicht die Nerven und die Übersicht."
POLIZEI
DONG
DONG
ZZZ
DONG
„Wenn der Verkehr saust und braust, sind hingegen schnelle Reflexe gefragt!"
SCHULBUS
TUUUT
„Das kann schon mal an die Grenze des Machbaren gehen!"
WROMM

Was Sie da erzählen, hört sich ja dramatisch an!
Das war es auch! Aber ich bin selbstredend damit fertig geworden!
Und wie war es bei Ihnen?
Ach, im Grunde ganz ordentlich! Bis auf einen Unbelehrbaren, den ich..
Pssst!
Oha! Umpf!
Wir treffen uns heute Nacht um Punkt elf Uhr bei mir! Dann geht es los!
Zum Glück wissen sie nicht, dass wir das wissen!
Und dass wir sie beobachten werden!

Also...
Hrmpf! Bequem ist es hier aber wirklich nicht!
Leise, sonst verstehe ich nichts! Sie scheinen offenbar irgendetwas in der Motzstraße vorzuhaben!
Gar keine gute Gegend! Lassen Sie mich mal ran!
BRÖSEL
KNISTER
KNACKS
Lassen Sie das lieber! Dieses Rohr ist nicht gerade stabil und...
KNARZ
...uuuuuah!
Hilfeee!
KARATSCH

**Oje! Stöhn!** War das ein Sturz!
**Hmpf!** Meine Schuld war es nicht!
Da! Die Beinharts verlassen das Haus!
Pssst! Tun Sie am besten so, als hätten Sie etwas zu tun!
Kein Problem! Der Wagen hier steht im Halteverbot!
**He, Sie!** Was tun Sie denn da?
Nanu? Der Dipl.-Ing.!
Sie schon wieder! Verfolgen Sie mich etwa?
Ihr Wagen behindert die Müllabfuhr, die morgen in aller Frühe durch diese Straße fahren wird!
Da bin ich längst weg! Ich stehe nicht so spät auf wie manche bei der Polizei!
Ich habe nicht die geringste Ahnung, wie lange meine Kollegen schlafen!
Na und? Ich rede ja auch von Ihnen!

Dann...
Sorry, aber das musste sein!
BAR
ZUM RAUEN ECK
OFFEN
MOTZSTRA
Mag ja sein, aber nun sind uns die Beinharts entwischt!
?!
KLIRR
PFIET
Es freut mich wirklich, dass man so spät noch auf Kollegen trifft!
Steinbeiß?
Issel?
TRINK
Wen haben wir denn da? Die Brüder Beinhart, oder?
Lass uns lieber gehen, edwig! Dieses Lokal ist nichts für uns!

Äh... wir können alles er- klären!
Aber draußen! Hier drin ist mir die Luft zu dick!
Stimmt! Hier riecht etwas gar nicht gut!
Sag ich nicht, ich hab den unverkenn- baren Geruch von Bullen in der Nase?
Aber die sind doch von der Ver- kehrspolizei!
Unsinn! Die haben sich nur verkleidet! Nicht wahr, Inspektor Issel?
!
Nun mal hübsch langsam! Steinbeiß und ich sind nicht ohne Grund bei der Verkehrspolizei!
Glbs!
Äh... wir haben zufällig ge- sehen, wie der Stuhl durchs Fenster flog und...
Hmpf!
Das ist ja wirklich ein Riesenzufall, dass ihr in der Gegend wart!
Da versucht man, seinen Laden in Ordnung zu halten, und dann passiert so was!
Du sagst es, Rudi!

Später...
Die Banküberfälle sind immer genau dann passiert, wenn wir gerade weggerufen worden waren!
Die Räuber haben ja auch nur wenige Minuten gebraucht und keinerlei Spuren hinterlassen!
Die haben uns schön gelinkt! Und der Chef hat uns daraufhin zu Schreibtischtätigkeiten verdonnert!
Wir wollten uns von dem Verdacht reinwaschen, also haben wir auf eigene Faust nach den Tätern gesucht!
„Wir waren sehr höflich...“
Könnten Sie uns mit einer Information weiterhelfen?
„...aber die Fragerei kam gar nicht gut an!“
Schätze, das hat sich erledigt!
Na ja, wir wüssten gern mehr über die Kerle, die neulich die Banken ausgeraubt haben!
Solche Schnüffler wie euch können wir gar nicht leiden!
Eine Tracht Prügel könnt ihr haben! Mehr nicht!
BUM
Glbs!

Ich glaube ihnen! Die waren nur zur falschen Zeit am falschen Ort!
Sehe ich auch so! Aber damit läuft unsere Unter-suchung ins Leere!
Es ist nur... murmel, murmel. Ja, so könnte es gewesen sein...
Was denn?
Damit die Räuber Sie überhaupt reinlegen konn-ten, mussten sie doch über alle Einzelheiten Ihrer Streife Bescheid wissen!
Sie meinen... es war ein Kollege?
Es müsste ein Polizist gewesen sein, der mit seinem Beruf unzufrieden ist und der auch mal auf der Gewin-nerseite stehen will!
Er dreht es so, dass der Verdacht auf zwei Neulinge fällt, dann wartet er in Ruhe ab, bis der Fall zu den Akten gelegt wird!
Und wenn genug Gras über die Sache gewachsen ist, quittiert er völlig unverdächtig den Dienst!
Ja! Jetzt habe ich es kapiert!
Die Kündi-gung! Natürlich!
Kollege Böker!

Also...
Sie wollten mich sprechen?
Moment noch! Dieses Telefongespräch ist sehr wichtig!
„Es ist ja bislang nur eine Vermutung! Wir haben nichts gegen unseren Kollegen in der Hand.“
Ach, wir kennen die gesuchten Bankräuber? Und heute Mittag gibt es eine Razzia?
„Aber man kann ja erst einmal so tun, als ob...“
Wenn wir die weichklopfen, werden sie uns schon sagen, wer hier im Revier der Maulwurf ist!
„Mithilfe des Revierleiters stellen wir ihm eine Falle.“
Alles in Ordnung mit Ihnen, Böker?
Äh... sicher, Chef!
KLACK
„Wenn er tatsächlich der Schuldige ist, wird er sich durch seine Reaktion verraten.“
Sie werden heute zusammen mit Kollege Issel auf dem Markt Streife laufen!
Äh... aber gern!
„Wir behandeln ihn völlig normal. Er darf auf keinen Fall merken, dass wir ihn beobachten.“
Sorgen Sie für Recht und Ordnung, meine Herren!
„Aber Inspektor Issel wird ihn nicht aus den Augen lassen.“

„Wir müssen verhindern, dass er seine Komplizen warnt!“
Kann ich mal Ihr Telefon haben? Ich muss dringend meine Tante anrufen!
Aber...
„Zuerst müssen wir ihm das Handy abnehmen.“
Bla, bla... und was macht dein Rücken-leiden?
Hrmpf!
„Also wird Böker versuchen, irgendwo anders zu telefonieren.“
Natürlich in einer Telefonzelle! Das haben wir gleich!
Ihr Guthaben ist aufge-braucht...
„Erst mal nervös machen.“
Äh... hätten Sie wohl eine Münze für mich?
Hrmpf! Sie müs-sen wohl noch ein wichtiges Gespräch führen?
„So was kann Issel gut!“
Nein, ich möchte einen Kaugummi haben!
Schluck!

„Je näher der Mittag rückt, desto verzweifelter wird Böker. Er wird sicher versuchen, seine Komplizen persönlich zu warnen.“
Ja, wer kommt denn da? Gut, der wird mir helfen!
P
PARKEN
Guten Tag, Herr Dipl.-Ing.!
Kreisch!
Sie fahren ohne Sicherheitsgurt! Pfui, tut man denn so was?
Ich fahre nicht, der Wagen steht noch!
Aber der Motor läuft bereits!
Ja, weil ich wegfahren will!
Da hätten Sie sich vorher aber auf jeden Fall anschnallen müssen! Das macht 120 Taler!
Sie wollen mir wohl unbedingt was anhängen, wie?
Sieh an, Kollege Böker ist verduftet! Dann sage ich den anderen Bescheid, hehe!
**He, Sie!** Hören Sie mir überhaupt zu?

Indes...
Das Nashorn will über die Straße, aber das Krokodil nimmt ihm einfach die Vorfahrt!
Da kommt der Gorilla und sagt: „Ihre Papiere bitte!“
Aha! Das wird sicher Issel sein!
BIEP BIEP BIEP
3+ 2= 5
Ich muss jetzt leider gehen! Aber merkt euch: Inspektor Steinbeiß sorgt immer für Ordnung!
Tut im Straßenverkehr also nichts, was ihr später bereuen könntet!
Denn sonst kommt der Gorilla und nimmt euch euren Tretroller weg! Habt ihr das verstanden?
WIE VERHALTE ICH MICH IM STRASSEN-VERKEHR?
C A B
RUMS
3+ 2= 5

Gerade...
Aber wenn ich es euch doch sage! Die Polizei kann jeden Moment aufkreuzen!
Nur die Ruhe, Kumpel! Wie sollen die uns hier denn überhaupt finden?
Die haben doch nicht mal unsere Spur! Wir haben uns seit Tagen nicht aus dem Bau gerührt!
Hmpf! O ja, das sieht man!
IMBISS
Mjam!
DING DONG
Was sollte das? Warum haben Sie denn vorher geklingelt?
Aus Höflichkeit! Wir wollen doch keinen stören!
KRACKS
Aber genau deswegen sind wir hier! Das ist immerhin ein Schlupfwinkel!
Ich würde eher sagen, eine Räuberhöhle!

Die Ganoven sind durch die Hintertür verduftet!
Aber sie waren immerhin so nett, uns etwas zu essen dazulassen!
Nicht jetzt! Wir müssen die Verfolgung aufnehmen! Sie können ja noch nicht weit sein!
Kommen Sie mit mir!
Uaaah!
Wir suchen auf der anderen Seite!
Gut! Den hier überlasse ich Ihnen!
Ergib dich, Schurke!
Umpf!

Japs! Keuch!
**Bleib stehen, du Verräter!**
Sind Sie etwa ganz allein?
Geben Sie auf! Es ist aus!
Verbrechen zahlt sich eben nicht aus!
Irrtum, Grünschnabel! Es zahlt sich sogar über die Maßen gut aus!
Grünschnabel? Ich? Dafür werde ich...
Na, was wirst du dann tun? Gegen mich hast du keine Chance!
Ich werde mich aufregen! Und dann...
Ja, was dann? Hehe!

Dann rufst du deinen großen Bruder! Gemein! Das hätte ich mir ja eigentlich denken können!
Deine Wutanfälle sind echt schaurig!
Manchmal mache ich mir selber Angst!
Aber unhöfliche Leute machen mich sauer!
Ob Kollege Böker die Lektion gelernt hat?
Darüber kann er nun lange nachdenken!
Wie können wir Ihnen beiden denn danken?
Jetzt werden Sie bei der Kriminalpolizei sicher wieder aufgenommen!
Ja, das denke ich auch!
Obwohl wir da nie richtig weg gewesen sind!
?
Das stimmt! **Hihi!**

Das war eine verdeckte Ermittlung?
Ja! Auch wenn die beiden sicher gern den Verkehr regeln!
Um uns zu helfen, haben Sie all das ertragen? Vielen Dank!
Keine Ursache... **autsch!**
Also ich fand es auf der Straße schon recht amüsant!
Aha! Da sind Sie ja endlich!
Huch! Das ist doch...
Sie wollte ich sicher nicht wiedersehen!
Das werden Sie aber müssen! Und zwar vor Gericht!
Wie bitte? Was sagen Sie da?
Ja! Ich werde Sie verklagen! Ich bin es endgültig leid, dass Sie ständig Ihren Frust an mir auslassen!
Hören Sie, das war doch nur Teil einer komplexen Polizeiaktion!
Auf so eine alberne Ausrede kann auch nur ein Weihnachtsmann wie Sie kommen!
Zügeln Sie Ihre Zunge! Das ist ganz schnell Beamten-beleidigung!
Ich sehe vor mir keinen Beamten, sondern einen Gorilla!
Der Gorilla sagt Ihnen jetzt mal was: **Führer-schein und Papiere bitte!**
ENDE

Created 1986

**Bob Langhans** (Story), **Jaime Diaz Studio** (Zeichnungen)

Zugegeben, das ist echt toll. Wem der Schlitten wohl gehören mag?
Einem Kinostar vielleicht? Oder dem Vorstandsvorsitzenden eines ganz großen Unternehmens?
Vielleicht ist ja sogar irgendein König inkognito zu Besuch bei uns in Entenhausen...
Na, gefällt euch mein Auto, Mädels?
Nicht dein Ernst! Der Wagen...
...gehört tatsächlich **dir?!**
Jep! Echtes Schmuckstück, gelle?

SCHNIPP SCHNIPP
Garantiert geklaut! Was auch sonst?
Nö, meine Gute! Ehrlich erworben! Ich bin jetzt Geschäftsmann. Hier, meine Karte!
Karlo Kater – Diamanten-Großhandel?
Gestohlene Diamanten, da kannst du dir sicher sein.
Noch mal nein! Ich handle seriös, ehrlich und nur mit Kundschaft mit allerbestem Leumund.
**Hallo-ho, Katerchen!**
Schon unterwegs, Gräfin.
Spring rein, hopp, hopp!

Fahrer, zu unserer Jacht!
Luxuskutschen, Diamanten, Gräfinnen... das kommt mir alles sehr verdächtig vor.
Ich frage mich, ob Kommissar Hunter von alledem weiß...
Schau mal, da ist er zufällig gerade – und plaudert mit Micky.
Damit müssen Sie jetzt leider allein klarkommen, Herr Maus. Ich habe einen anderen dringenden Fall zu klären.
**Juuhuuu! Herr Kommissaaa-haar!**

Jetzt nicht, Frau Kuh! Wir sind gerade sehr beschäftigt.
Also, alles klar? Verlieren Sie Karlo nach Möglichkeit keine Sekunde aus den Augen.
Und benachrichtigen Sie mich sofort, sowie Sie auf der Jacht etwas Verdächtiges bemerken.
Mache ich. Ein kleiner Fehler und wir schnappen sie uns.
Brille? Verkleidest du dich?
Karlo sind wir auch gerade begegnet. Was hat er denn angestellt?
Bitte mischen Sie sich da nicht ein, die Damen! Diamantenschmuggel ist eine ernste Sache.
Ach, schmuggelt er seine Diamanten doch?
Interessant! Können wir dir irgendwie behilflich sein, Micky?

Bitte nicht! Das ist wirklich kein Job für Freizeitdetektive.
Hunter hat recht. Überlasst das mal besser den Profis.
Freizeitdetektive, hm? Pfah!
Da könnten wir Recht und Gesetz unterstützen und dabei noch was erleben...
...aber die Herren der Schöpfung halten uns für hilflose Hascherl. Echt peinlich so was heutzutage!
Weißt du was, Minnie? Von denen lassen wir uns gar nichts vorschreiben!
114
Wenig später...
TELEFON
Zwischenbericht, Kommissar: Im Hafen bis jetzt nichts Verdächtiges, alles ruhig.

Bleiben Sie bitte trotzdem weiter wachsam. Unseren Informationen nach erwartet er heute eine Lieferung.
TELEFON
Oha! Da kommt ein Auto – und das kenne ich gut...
Aha! Dort steht ja Karlos Luxuslimousine.
Dann muss das seine Jacht sein.
Gute Güte! Was treiben Minnie und Klarabella denn da?
**Juhuuu!** Herr Kater? Jemand an Bord?

1001

Da sind zwei Ladys, die nach dir rufen, Boss.
Ja? Wer sind Sie und was wollen Sie?
Hallöchen! Sind Sie der berühmte Karlo Kater?
Bin ich. Und?
Wir sind Journalistinnen und schreiben für das Superreichen-Magazin.
Wir würden Sie gern interviewen. Ein Leben wie das Ihre ist bestimmt total faszinierend und prickelnd!
BLITZ
**Runter von meiner Jacht!**
Nun haben Sie sich doch nicht so! Wir würden Sie sogar aufs Cover bringen...
...und Sie für Ihre Mühe mit tausend Talern entschädigen.
Was? Moment mal!

Okay! Aber nur gegen Vorkasse, kapiert?
Erst das Interview, dann die Löhnung!
Machen Sie es sich doch erst einmal bequem.
Ist das da Ihre Eigner-Kabine? Dürfen wir?
KLICK
BLITZ
KLICK
BLITZ
**Nein!** Wir machen das Interview hier an Deck oder gar nicht.
WAMM
Ich muss die beiden irgendwie von Bord bekommen, bevor sie sich in Schwierigkeiten bringen.
He, Kumpel! Wo willst du denn hin, hm?

I-ich gehöre zum T-Team. D-die zwei Damen, die gerade gekommen sind?
Erst mal sind das genug Fotos. Erzählen Sie uns etwas über sich!
Hmm...
Boss?
Der Typ hier wollte sich gerade an Bord schleichen. Er sagt, er gehört zu den zwei Mädels.
Stimmt das?
Äh...
I-ich b-bin der Fahrer der Damen.
Behauptest du! Ist er es wirklich?
Das ist Micky! Wir müssen ihm helfen.

Natürlich ist er das. Aber...
...solltest du nicht im Auto auf uns warten?
Schon, aber die Zeit drängt – Redaktionsschluss. Wir müssen dann wieder!
Die Sache stinkt doch gewaltig, Boss.
Da hast du recht.
Augenblick mal, Herr Chauffeur!
Oder soll ich dich lieber gleich...
Uff!
...Micky nennen?
REISS

Soso, aha, mhm, tjaja!
Wenn das hier mein alter Feind Micky ist, dann sind auch Minnie und Klarabella nicht weit... und bitte!
Euch schickt garantiert Hunter zum Schnüffeln. Was sucht ihr? Raus mit der Sprache!
Das weißt du ganz genau!
WATZ
Pft! Sperr sie in den Laderaum. Ich kümmere mich später um sie.
Mist! Wie kommen wir hier wieder raus?
SKRONK
KLACK

Du hast doch immer Puder einstecken, Klarabella. Gib's mir!
?
Wir versuchen es mit einer anderen schauspielerischen Darbietung. Du gibst die Seekranke...
Hust! Keuch!
HALLO
Was ist denn?
Zu Hülfä!
Sie ist schwer seekrank!
Oooh, ist mir üüübel! Mein Kopf, alles dreht sich!
Sehen Sie, wie bleich sie ist?! Sie braucht frische Luft.
GNIEK
GNIEK

Nur noch ein Schrittchen näher ran...
Gib das her, Mickerling!
Ihr denkt, ihr könnt mich so billig in die Falle locken?
**Hust... Hust...**
PUUUST
**Ha!** Eins zu null für uns!
SBAMPF
Gar nicht übel für zwei angeblich total hilflose Püppis, oder, Minnie?

Loben wir uns später gegenseitig, okay? Jetzt müssen wir erst mal schnellstmöglich hier weg.
Oh, oh! Da werden wir wohl schwimmen müssen. Wir haben abgelegt!
Ächz! J-jetzt werde ich w-wirklich s-seekrank...
Ich habe es befürchtet! Die wollen auf offene See.
In ihrem Zustand wird das nichts mit schwimmen.
Stimmt leider. Wir müssen uns stattdessen irgendwo verstecken, und das Versteck muss gut sein.

He, hier ist ein Kistchen! Ein Notfunkgerät vielleicht? Dann könnten wir Hunter anfunken.
Falls ja, sprich leise! Da kommt nämlich Karlo samt Konsortin.
Ist leider kein Funkgerät drin, nur Signalraketen.
Machen Sie sich wegen dieser Spitzel keine unnötigen Sorgen, Gräfin.
Sowie wir weit draußen auf dem offenen Meer sind, regle ich das Problemchen ein für alle Mal.
Sehr gut, mein lieber Karlo! Die Abläufe unserer kleinen Geschäftstätigkeit müssen nämlich geheim bleiben. Tihihi!
Apropos... höchste Zeit für unser Angelstündchen!

Und ich bin mir jetzt schon sicher, auch unser heutiger Fang wird bemerkenswert sein.
Was soll das denn heißen und werden?
Da ist unsere Boje, Karlo!
Augenblick noch, Gräfin! Ich habe da gerade etwas höchst Verdächtiges gehört.
Örks! Mein armer Magen...
Pssst, Klarabella! Still!
Ach, das war bestimmt nur der Wind, mein Guter.

Huiii! Na, ist das professionell geworfen oder was?
O ja! Und dank des Magnetangelhakens bin ich zuversichtlich, dass die Beute wie gewohnt bald anbeißt.
Eine Angel... mit magnetischem Haken? Ich glaube, ich verstehe langsam, wie das läuft.
ZURRR
Und bitte! Fühlt sich nach einem dicken Fisch an.

Hab ihn schon! Den hatten unsere Freunde diesmal ja wirklich sehr schön nahe direkt an der Signalboje platziert.
Mach was, Micky! Lang hält Klarabella das hier nicht mehr durch, ihr geht es wirklich übel.
Ein künstlicher Fisch, gefüllt mit edelsten Diamanten! Das ist der beste Schmuggeltrick aller Zeiten...
...und die Einfuhr ist garantiert zoll- und steuerfrei, dafür sorgen wir schon, harhar!

Nichts wie ab damit in den Safe – und dann nehme ich mir die lästigen Spitzel vor.
Brüööölf!
Diesmal höre ich es auch, ja.
Da ist wieder dieses seltsame Geräusch.
Nehmt diese Plane runter! Ich brauche frische Luft – und zwar sofort!
Klarabella, nicht!
Die Spione? Wie sind die rausgekommen? Die haben alles gesehen!
Raus und runter da, ihr Schnüffelnasen! Und schaut mal auf die Uhr, euer letztes Stündchen schlägt gerade.

Tja, jetzt bleibt uns nur noch die allerletzte Notfalloption...
...diese Seenot-signalraketen!
POFF
POFF
Netter letzter Strohhalm, Mausling, aber dein Blubber ist trotzdem gelutscht.
BLAMM
FZAMM
Meine Güte! Wenn die Küstenwache die Leuchtsignale sieht, war es das für uns.

Vielleicht aber auch nicht und wir trinken bald...
...auf deine Niederlage! **Achtung, Boot fällt!**
KLICK
SBONK
Urgl!
Klasse, Minnie!
Aye, aye, Leichtmatrose! Und jetzt bist du dran, die Gräfin will nämlich flüchten.
**Mooooment, Gnädigste!** Ich bin Ihnen gegenüber gerade eher ungnädig drauf.
Schau dir das an! Das ist gar keine Gräfin, das ist Bea Beutler. Die steht ganz oben auf der nationalen Fahndungsliste.
Jetzt nicht mehr, Minnie. Los, funken wir Hunter und die Küstenwache mit der Bordanlage an.

Ein paar Stunden später im Hafen...
Geschickt gemacht und gewitzt geschnappt, das muss ich Ihnen lassen.
Ja, und Spaß gemacht hat es auch noch, Herr Kommissar... mir zumindest.
Ähem... könnten Sie sich vorstellen, der Polizei eventuell bei Bedarf auch bei anderen Fällen mal wieder zur Hand zu gehen?
Minnie, bevor du da jetzt einfach so zusagst, mach zur Bedingung, dass das dann aber an Land stattfinden muss, ja? Ich will nie wieder aufs Meer.
Hihi! Ich denke, das lässt sich regeln, Klarabella.
ENDE

**Terry LaBan** (Story), **Pasquale Venanzio** (Zeichnungen)

ZISCHEL
Verflixt! Der Pleuel vom Hubteil ist total verdengelt.
Ich brauche Hilfe, aber wo finde ich hier ein Telefon? Da muss ich wohl auf Schusters Rappen los!
313
**Schluck!** Zu-zum Glück bin ich nicht sehr furchtsam, sonst würde ich überall Diebe und Gespenster wittern.
He!
Uack!

Wa-was…
Ich bin's. Entschuldige die Verspätung, Paule, aber ich wurde im Klub aufgehalten.
I-ich heiße nicht…
Hör zu, die Zeit drängt! Hier ist die Anzahlung samt Karte.
Den Rest bekommst du bei Ablieferung des Gemäldes. Gratuliere übrigens zur Rasur!
Und viel Erfolg!
?
313

O Mann, das Ding ist ja rappelvoll mit Banknoten! Und was ist das hier?
Eine Karte von Onkel Dagoberts Anwesen!
DUCK'SCHES ANWESEN
Kurz darauf, im Polizeirevier von Entenhausen…
Tja, Herr Duck, anscheinend war es ein Glücksfall, dass Ihr altes Auto im Gaunerviertel schlappgemacht hat!
Was könnte hinter der Sache stecken?
Mit Verlaub, Herr Kommissar. Ich bin sicher, dass es sich bei dem Gemälde um die Ramona Lisa handelt, die ich vor einer Woche bei einer Auktion erstanden habe!

Um sie in meinen Besitz zu bringen, musste ich den Millionär Waldemar Wutz überbieten! Er war sehr aufgebracht und als die Auktion vorbei war, hat er geschworen, einen Weg zu finden, mir das Gemälde wieder abzuluchsen!
Reich sah der Typ schon aus, aber er hat mich wohl verwechselt!
Und ich ahne auch, mit wem. Folgen Sie mir!
Bitte, die Herren: Plattwitz-Paule!
Das bist ja du, Donald!
Pah, dem fehlt mein Charme!
Und dein winziges Hirn!
Nicht aufregen, Herr Duck, er ist nur ein kleiner Gauner! Er ist vor zwei Stunden aufgegriffen worden, weil er einen Wachtmeister anpöbelte.

Mit etwas mehr Glück hätte er sich wie vorgesehen mit Herrn Wutz getroffen. Genau das hattest du doch vor, oder, Plattwitz-Paule?
Kein Kommentar!
Das ist so gut wie ein Geständnis. Ich schlage vor, dass Sie Herrn Wutz sofort festnehmen!
Geht leider nicht!
Wenn Paule dichthält, haben wir nichts gegen ihn in der Hand. Immerhin ist das Verbrechen noch nicht begangen worden.
Aber geht es denn nicht darum, es zu verhindern?
Am besten wäre es, ihn in flagranti zu ertappen. Kein Gericht der Welt könnte diese Beweise ablehnen.
Deshalb finde ich, wir sollten Herrn Wutz keinen Knüppel zwischen die Beine werfen. Er soll seinen Plan durchführen – aber mit Donald statt Paule!
Was?

Natürlich! Wenn Donald sich als Paule ausgibt, kann er sich in die Bande einschleichen und uns die Gauner in die Arme treiben! Einfach genial!
Nicht so hastig, Onkel Dagobert!
Wenn du glaubst, ich lasse mich mit Verbrechern ein, bist du hier oben schief gewickelt! Da mache ich nicht mit, klar?
Wo bleibt dein Abenteuergeist, Neffe? Dein Sinn für Ruhm und Ehre!
Und denk vor allem an die ausgesetzte Belohnung!
Ach, eine Belohnung?
Ich erkläre Ihnen alles!
In dieser Nacht…
Der Billardklub ist gleich um die Ecke. Und keine Angst, Sie sehen Plattwitz-Paule wirklich täuschend ähnlich. Am liebsten würde ich Sie verhaften!
Vielen Dank für das Kompliment!
P

Denken Sie nur immer daran, dass Sie jetzt ein beinharter Gauner sind, dann kann Ihnen nichts geschehen.
G-gut.
Beinharte Gauner schlottern aber nicht mit den Knien!
SCHLOTTER SCHLOTTER
Oje, der Laden sieht nicht sehr einladend aus!
PIETS BILLARD-PALAST
Hm, die Karte und das Geld habe ich. Hoffen wir, dass es mir nicht an Schneid fehlt!
Hm, mache ich eben gute Miene zum bösen Spiel!

He, Winni! Da kommt Paule!
Wird auch Zeit!
Du bist spät dran, Paule! Ich dachte schon, du wolltest Willi und mich reinlegen!
Was faselst du da?
Du willst mich wohl beleidigen? Ich euch reinlegen? Ausgerechnet ich? Der ehrbare Paule?
Hä?

**Grmpf!** Du hast wohl noch nie etwas von Gaunerehre gehört, wie? Wer behauptet, ich würde einen Kumpel reinlegen, dem… dem…
Schon gut, hab's kapiert! Du bist eine ehrliche Gaunerhaut! Hat alles geklappt?
Klar, hier drin sind Geld und Karte. Wir brauchen nur noch Onkel Dagobert zu berauben!
Onkel Dagobert? Seit wann bist du mit dem Typ verwandt?
Also, äh… ich sage immer Onkel, wenn ich von reichen Fatzkes rede! Das gibt mir dann irgendwie das Gefühl, zu denen zu gehören!
Hm, das ist mir noch gar nicht aufgefallen!
Ich finde, du benimmst dich heute reichlich merkwürdig, Paule!

Was fällt dir ein? Keiner nennt mich ungestraft merkwürdig! Du weißt wohl nicht, mit wem du hier redest? Wehe, du beleidigst mich noch mal, klar?
Anscheinend bist du etwas mit den Nerven runter! Komm jetzt, wir haben zu tun!
Derweil auf der Wache…
*Schlafe, mein Wärter, schlaf eiiin…*
CHRRRR
Hihihi! Schon im Schulchor hatte ich immer die einschläferndste Stimme!
Und auch beim Stibitzen war ich bereits als junger Mann erste Sahne!

Und jetzt mache ich auf leisen Sohlen den Abgang! Hihihi!
Hm… hoffentlich kann ich die Jungs noch rechtzeitig warnen.
POLIZEI
Das Anwesen von Dagobert Duck…
Nur die Ruhe, Willi! Du hast es fast geschafft!
KLIRR

Oje!
Musste das jetzt sein?
Mann, die Vasen sind locker eine Million wert, und zwar pro Stück!
Ich habe mir eigentlich wegen dem Lärm Sorgen gemacht! Aber wenn die so wertvoll sind, sollten wir welche mitnehmen!
Nein!
Ich meine… seht doch, wie groß die sind! Viel zu unhandlich!
Hast recht, Paule! Wir schnappen uns besser das Silber dahinten in der Vitrine!
Nichts da! Wir sind nur hier, um das Gemälde zu klauen!
Was soll das? Hast du Angst, dass wir zu viel mitgehen lassen?
Pah! So ein Unsinn!
Mit dir stimmt etwas nicht! Ich hätte Lust, die Sache mit Willi allein durchzu…

Huch!
Wo ist Willi überhaupt?
Rülps!
Greift zu, Jungs! Im Kühlschrank sind massig Leckereien!

Spinnst du? Wir haben jetzt keine Zeit, um zu futtern!
Tut mir leid, Winni! Ich habe nach Schmuck gesucht und da war der Kühlschrank…
**Schluss mit den Spielchen!** Wir greifen uns das Gemälde und dann ab durch die Mitte!
He!
Was noch?
Ihr könnt doch nicht einfach alles so liegen lassen!
Hör mal, Freundchen, langsam reicht's mir! Du siehst vielleicht aus wie Plattwitz-Paule, aber du benimmst dich nicht wie er!
Weil es nur einen echten Paule gibt!

Mich!
Alle Wetter! Da ist ja noch ein Paule!
Ich bin das Original, du Knetgummihirn! Das ist Dagobert Ducks Neffe Donald!
Die Bullen haben rausbekommen, dass wir hier einen Bruch planen, und weil der Typ aussieht wie ich, haben sie ihn losgeschickt, damit er euch in die Pfanne haut!
Zum Glück konnte ich ihnen entkommen! Wir haben, was wir wollten! Verschnürt den Knilch und dann nichts wie weg!

Augenblick! Das werdet ihr ihm doch wohl nicht glauben?
Spar dir den Atem! Die wissen genau, wer hier wer ist! Stimmt's, Leute?
He! Wieso antwortet ihr nicht?
Also… irgendwie sehen sich die beiden sehr ähnlich!
Ja, praktisch identisch! Schwer zu sagen, wer von den beiden die Wahrheit sagt!
Wir dürfen kein Risiko eingehen, Willi! Es steht eine Menge auf dem Spiel… erst recht, wenn wir die Beute nur durch zwei teilen!
Los, fessel sie!

Zwei Stunden später beim Grundstück von Waldemar Wutz…
Wo nur mein Neffe bleibt? Er hätte schon längst hier sein müssen!
Verlieren Sie nicht die Geduld, Herr Duck! Es nützt nichts, wenn wir nervös werden!
Mein Gefühl sagt mir, dass etwas schief-gegangen ist!
Sehen Sie doch! Da kommt jemand aus dem Haus!
Das ist Wutz! Er wartet vermutlich auch auf Ihr Gemälde!
Dieser elende Lump!

Bitte nicht, Herr Duck!
**Mich ausrauben, was?** Das könnte Ihnen so passen!
Oh!
Wir wissen alles über Ihren Plan, sich die Ramona Lisa anzueignen!
Mein lieber Herr Duck, ich weiß wirklich nicht, wovon Sie…
KLINGELING
Adieu!
Wie bitte? Sind Sie verrückt? Das können Sie nicht tun! Wir hatten eine Vereinbarung! Warten Sie… hallo? **Hallo?**

**Buhuhuu!** Man hat mich furchtbar hintergangen!
**Los!** Reden Sie endlich!
Ich hatte den Gaunern bereits die Hälfte des Geldes gegeben!
Jetzt haben sie das Gemälde mitsamt Ihrem Neffen und verstecken sich irgendwo im Entenhausener Forst!
Sie wollen beides nur wieder herausgeben, wenn ich ihnen noch einmal doppelt so viel zahle!

Derweil viele Kilometer weiter nördlich…
Hehehe!
Den Typ hat es fast umgehauen, als ich ihm den Betrag nannte! Aber er wird es berappen!
So ein Unsinn! Wie kommst du bloß darauf, dass Wutz für Ducks Neffen auch nur einen Kreuzer springen lässt?
Mir doch egal! Er will das Bild! Und euch gibt es gratis dazu!
Pssst! Lass mich mal mit ihm reden, Kumpel! Ich habe eine Idee!

Sag mal, Winni, hat dir nie einer gesteckt, dass man Telefonate zurückverfolgen kann? Die Bullen sind sicher schon hierher unterwegs!
Oje! Da haben wir gar nicht dran gedacht, was?
Dazu müssten sie erst die Leitung anzapfen, du Depp! Und den Anruf hat keiner erwartet!
TATÜÜ TATAA TATÜÜ TATAA
Kicher!
**Auweia!** Die Bullen!
Hör auf damit, du Witzbold!
Wenn es dich beruhigt, können wir draußen ja abwechselnd Wache halten! Aber du fängst an!
Prima Idee!
Tschüs, Willi! Und lass dich nicht von den Bären fressen!
Was für Bären?

Na, von denen wimmelt es doch in den Wäldern. Und die sind irre hungrig!
Echt?
Was glaubst du denn? Ich würde mich hier nicht für alles Geld der Welt nachts vor die Tür stellen!
**Hihihi!**
Dann gehe ich lieber auch nicht raus!
Hör nicht auf ihn, du Trottel! Hier gibt es weit und breit keine Bären!
Übernimm **du** doch die erste Wache!
Das mache ich auch! In zwei Stunden bist du dran!
Nicht übel, Paule. Jetzt habe ich eine Idee! Wenn ich dich anstupse, dann schrei, so laut du kannst!

Weißt du, was, Willi? Wenn ich so am Kamin sitze, kriege ich immer eine Riesenlust, Gespenstergeschichten zu erzählen! Kennst du schon die mit der Hand der Mumie?
N-nein…
Also, es war einmal eine alte Frau, die lebte allein in einem kleinen dunklen Haus, einer Blockhütte wie die hier! In einer stürmischen Nacht… bla, bla…
…karrte sie ihre schaurige Puppensammlung in den Wald, verscharrte sie tief im Wald und hoffte, dass niemand sie fände… nicht mal mehr sie selbst…

Doch das Klopfen an der Tür wurde immer lauter! Dann drehte sich der Knauf! Entsetzt hörte die alte Frau das Knarren der Tür und plötzlich sah sie…
STUPS
Kreisch!
Raaah!

Willi hat es glatt umgehauen! Für einen ehrlichen Typ kannst du einem ganz schön Angst machen!
Ich habe drei kleine Neffen, da lernt man so manches!
Gratuliere, aber jetzt bin ich dran! Mal sehen… er hat doch immer ein Taschenmesser bei sich!
Endlich frei!
Bind mich los, schnell!

Tut mir leid! Ich ziehe es vor, mich auf Gaunerart zu verdrücken! Und das Gemälde nehme ich mit!
Was?
So ein gemeiner Lump! Der ist wirklich durch und durch verdorben!
Aber zum Glück hat er das Messer liegen lassen!
So, die Polizei weiß Bescheid! Jetzt heißt es warten! Hoffentlich befreit sich dieser Kraftprotz nicht noch am Ende!

Nicht gerade gemütlich hier. Eher ein b-bisschen unheimlich!
Vielleicht hätte ich bei meiner Gespenstergeschichte doch nicht so übertreiben sollen! Schluck!
Ächz!
**Kreisch!** Wa-was war das?
Stöhn!
Ach so, Willi kommt zu sich! Na ja, was hätte es auch sonst sein sollen?

Schließlich habe ich mir die Gespenstergeschichte nur ausgedacht! Es gibt gar keine…
Glbl!
Aaah!
Herrje, ich habe schon Wahnvorstellungen! Der Stress war zu viel!
Schurke hin oder her, ich hole Winni herein! Dann bin ich wenigstens nicht so allein!
He, Winni!
O Graus! D-der Türknauf!
D-das ist die Hand der Mumie!
QUIETSCH

KNAAARZ
Hallo, Donald! Du hast deine Sache wirklich vortrefflich gemacht!
Donald?
Stöhn!
Wenig später...
Tja, und das ist die ganze Geschichte. Ich fürchte, meine Fantasie ist ein bisschen mit mir durchgegangen!
Tut mir leid, dass Paule mit dem teuren Gemälde geflohen ist, Onkel Dagobert!
Ist er nicht!

Ich sehne mich langsam nach einer ruhigen Zelle! **Hilfe, befreit uns von diesem wilden Tier!**
Du bist nicht der Einzige in dieser Geschichte, der etwas auszuhalten hatte! Hihi!
ENDE

Created 1996

**François Corteggiani** (Story), **Corrado Mastantuono** (Zeichnungen)

Welche Marke ist das?
Ein Valvolet Lux.
333
Echt die Wucht! Darf ich auch mal?
Ist noch nicht eingefahren...
Na und?
Und das erfordert Zartgefühl, Samthandschuhe am Steuer...
Hören Sie das, werte Umstehende?
Der Herr hier wagt zu unterstellen, wir Damen der Moderne hätten nicht genug Gefühl, um...
Klarabella, niiicht!
Hier, die Schlüssel!
Danke!

Mach dir keine Sorgen! Du weißt ja, wie ich fahre...
Eben! Hüstel… stimmt. Also, das da ist die Gangschaltung, das Gaspedal bitte ganz vorsichtig treten und...
Weiß ich doch, weiß ich doch! Lehn dich zurück, genieß die Fahrt!
WROOOOMM
Bereit? **Also, es geht loooooos!**
SKRIIIEK
BROOOA
**Niiicht!** Die Radaufhängung!
BOMP
Wie schnell fährst du?
So um die 75 km/h.
**Aaah!**
WRUUUUUUUMM
GNIEEK

WROOOOOOMM
Das Wägelchen hat echt einen formidablen Motor.
KRIIIIEK
SCHLEUDER
FZIIIIIII
333
Du ruinierst es mir! Du machst alles kaputt!
Bitte, reg dich ab.
Pfiiuuuh!
Ich weiß echt nicht, warum du dich so abtust. Wenn dir jetzt noch nicht klar ist, dass ich...
SHOP
333
...ein echtes Ass am Lenkrad bin...
HALT
333
TRILLER

Die Ampel war rot!
VOLLBREMS
Und da kommt auch schon die Polizei.
Jetzt darfst du wieder fahren.
Nee, nee! **Du** bist bei Rot drüber.
Schon, aber das Auto gehört **dir.**
333
FILMHAUS
RAUSCH-GOLD
Und deswegen... **Grundgütiger!**
Cousine Petunia?!
Klarabella?!
Was? Ihre Cousine ist Polizistin?

Darf ich dir meinen Kollegen Rudi vorstellen?
Hallo!
Freut mich!
Seit wann trägst du Uniform?
Seit drei Monaten.
Und wie bist du dazu gekommen?
Ich wollte Selbstbewusstsein tanken.
Wie meinen?
Doch, ich habe seit jeher Angst vor Uniformträgern, und selber eine zu tragen soll mir helfen, das zu überwinden.
Und? Hilft's?
Bisher nicht wirklich, nein. Ich habe sogar Probleme, Strafzettel zu schreiben.
Das ist echt nicht schwer. Block raus, Nummer notieren...
333
?!

Hast recht.
...Überqueren der Kreuzung trotz Haltesignals der Verkehrs-zeichenanlage...
Du bestrafst dich selber?
Verschafft Petunia ein bisschen Selbst-vertrauen.
Aber... das ist irre!
Wieso? Ist ja nicht mein Auto, das sie aufschreibt.
Ah, na dann! Sag das doch glei...
...eieiei! Was? Nein, hat es euch erwischt?
Und nun auch noch weg-fahren? Halt! Das ist mein Wagen!
333
Huffz!
WROOOMM

Klarabella, warte!
Warum hast du denn gerade dieses Handzeichen gegeben?
Das hieß „zwei“, weil das Auto nur zwei Plätze hat.
POLIZEI
Okay, da wären wir, Petunia.
GNIIIIEEK
Jetzt werde ich mal ein paar Takte mit deinem Chef plaudern.

Selbiger indes erweist sich als ziemlich harter Knochen...
Die Fallzahlen beim Popcorn-Diebstahl steigen sprunghaft an. Von schwerem Bonbon-Raub gar nicht zu reden...
Hach, da wird sich die Presse wieder das Maul über uns zerreißen, dabei tun wir doch unser Bestes!
Tja, wäre da nicht diese wandelnde Katastrophe...
KLOPF KLOPF
Herein!
Ist es gestattet?
Klarabella Kuh! Gerade reden wir über Sie.
Ist ja mal schön zu hören.
Schön ist relativ...
Ich bin hier, um gegen eine Ungerechtigkeit vorzugehen.
Sie bewerben sich?
Ich? Nein! Ich verlange, dass meine Cousine Petunia hier befördert wird – zur Kriminalinspektorin in Zivil!
Bitte?
Sie redet wirr, Chef!

Kommt überhaupt nicht infrage! **Raaauuus!**
Die Kollegin ist und bleibt Streifenpolizistin in Uniform.
WAMM
Für höhere Polizeiarbeit fehlt ihr die Qualifikation!
Außerdem...
KRITZEL KRATZEL
Was wird das nun?
Der Entwurf meines nächsten Artikels.
SKRITSCH NOTIER
Wieso schreiben Sie den hier?
Wegen der mannigfaltigen Inspirationen hier.
...die peinliche Geringschätzung von Inspektor Steinke gegenüber einer Streifenpolizistin...
Pffff!
Oder läsen Sie lieber...

D-das ist doch...
A-ah! Erst zuhören...
...die Polizei von Herren geführt, die eine Pistole kaum von einem Telefonhörer unterscheiden können...
Was?
Zurück auf eure Posten! Aber zackig!
...wäre mehr weibliche Verantwortung hilfreich!
Ist ja gut, ist ja gut!
Petunia, Sie sind hiermit zur Inspektorin in Zivil befördert!
Jawoll, Chef!
KLACK
Das hier ist eine harte Stadt, machen Sie ihr und uns Ehre!
Wird sie bestimmt.

Wirst sehen, jetzt wird alles nicht nur besser, sondern richtig gut.
MAX
Und ich werde dir dabei helfen. Ich kenne Entenhausen wie meine Westentasche, ich weiß, was wo abgeht! Aber zuerst müssen wir...
Klarabella fährt ihre Cousine nach Hause, damit Petunia die Uniform ablegen kann...
Siehst du? Viel besser, oder?
Das steht dir doch deutlich besser.
Vielen Dank!
Fehlt nur noch...
...der letzte Pfiff!
Und bitte: die graziöseste Inspektorin der Stadt!

Dann mal an die Arbeit!
Jawoll, jetzt fühle ich mich der Sache gewachsen!
Also los!
Schon unterwegs!
Erzittere...
...Unterweeelt...he!
BOMPF BADOMPF
Petunia?! Was machst du denn?
Aua! Ich bin gestolpert und... habe mir den Knöchel verstaucht. Das muss sich ein Arzt anschauen.
Und so, wenig später...
Und? Wie lautet Ihre Diagnose?
H

Knöchelbruch! Aber nur ein kleinerer, nichts Ernstes.
Allerdings verordne ich Ihnen für die nächste Zeit absolute Ruhe.
Wieder zu Hause bei Klarabella...
Wie soll ich mich so bei meiner Arbeit bewähren?
Ja, das ist ein Problem...
...für das ich indes eine Lösung weiß!
Ich übernehme vorerst für dich.
Bitte?
Wir sehen uns so ähnlich, das wird niemandem auffallen.
Meinst du?
Aber ja!
Zuvor ist da aber noch ein anderes Problemchen...
RRING RRING

Ja? Redaktion des Entenhausener Kuriers... ah, Klarabella.
**Wie bitte?** Sie brauchen frei? Wieso das denn?
Was? Knöchel gebrochen? Oh, das ist etwas anderes.
Danke, Sie sind ein Schatz!
KLACK
Voilà!
Aber was weißt du denn über die Schurkenjagd?
Ha, als Journalistin bin ich der Schrecken der Unterwelt – ganz besonders von einem bestimmten Boss!
BOMPF

Rudi! Du kommst wie gerufen.
Wurde ich zwar nicht, trotzdem: wieso?
Weil ich dein Auto brauche. Du darfst fahren.
Ach? Plötzlich selber keine Lust mehr?
Doch, aber ich kann nicht – Knöchel gebrochen!
Hä?
Okay, wo soll es hingehen?
Zu den illegalen Lagerhallen in der 54. Straße.
333
Sie mag nicht dabei sein, aber wir erleben gerade den ersten Einsatz von Kriminalinspektorin Petunia mit...
Stopp!
Okay, weiter!
Wie, weiter? Wohin denn?

Da rein? Aber das Tor ist zu...
TRET
Noch...
Neeeiiin!
WROOOOMM
KRIIIEEEK
Im Inneren der Lagerhalle...
Macht hinne mit diesen Kisten! Das muss alles bis heute Abend verladen sein.
WAMM
KRACH

Jetzt bremsen, brems! **Breeeeeeeeems!**
SWUUUUSCH
SCHLEUDER
KRÄSCH
TRÜMMER
FLOMPP
M-mein n-nagelneues Auto... schwer angeschlagen und voller Melasse.
FLOTSCH
Hülfä!
PLITSCH PLATSCH
Aaah!
Auf sie!
Denen erteilen wir eine Lektion!
Grrr!

Na, na, die Herren... etwas Contenance, wenn ich bitten darf!
POPP
Mit freundlichen Grüßen von Inspektorin Petunia!
SCHWUPP
FSSSCH
Schnupper...
Das riecht ja wie...
FSSSCH
**Äääh!**
Das stinkt! Ekelhaft!
Was hast du da versprüht?
Faule-Eier-Konzentrat!
**Bjäch!** Echt widerwärtig.
Das war der Sinn. **Fahr!**
333

Wo kriegst du gewisse Dinge nur immer her?
Frage dich nicht, fahre! **Hinfort!**
BLUB
Zur gleichen Zeit bei Klarabella...
Wollen doch mal sehen, ob Klarabella mich beschwindelt hat, der traue ich ja fast alles zu.
DRIIIIG
Herein!
Sieh an, Sie sind ja wirklich verletzt. Die reine Wahrheit?!
Wie meinen?
Wer ist der denn nun?
Ich muss gestehen, als Sie mich angerufen haben, war ich sicher, Sie simulieren.
Ah, verstehe! Der Herr ist Klarabellas Chefredakteur bei der Zeitung.
Wie geht es Ihnen?
Och, na ja. Ich habe gerade ein bisschen was geschrieben...
Ach ja? Darf ich mal sehen?
Ist aber nichts Besonderes.
Ich finde es sehr interessant. Darf ich das veröffentlichen?

Was? Nein! Sind doch nur Notizen.
Immer die Bescheidenheit selbst, nicht wahr?
Überlassen Sie das mir und erholen Sie sich schnell, meine Gute!
Klarabella setzt derweil ihren Einsatz gegen die Unterwelt fort...
Bereit, Rudi?
BRÖÖÄ
Ist jetzt auch schon egal.
BRAKK
KLONG
Wenigstens hat das Leiden nun ein Ende. Der Huffel wird nie wieder. Seufz!
Hallöchen! Gestatten: Inspektorin Petunia.
POCK
FFFSSSSSSSCH
**Aaah!** Raus hier!
Grausiger Gestank!
Tja, und so ist der Ruf von Kriminalinspektorin Petunia nachhaltig gefestigt, nun kennt und fürchtet sie jeder Entenhausener Krimineller...

Unsere Lager sind also alle komplett verstunken und unbenutzbar?
Ja, und das war alles diese neue Polypin, Inspektorin Petunia, Boss...
...die ist gnadenlos und arbeitet mit allen echt ekligen Mitteln, das sag ich Ihnen.
Schick einen unserer Männer, einen Profi, um sie loszuwerden.
Wen denn? Die sind alle abgehauen.
**Waaas?**
Und wo sind die alle hin?
Was ist denn das für ein Radau hier? Was soll der Aufmarsch, wer sind die alle?
Handlanger diverser krimineller Machenschaften, Chef! Und sie bitten allesamt um Schutzhaft.

Die können nicht alle ins Gefängnis – nicht genug Platz.
Sie müssen uns aber schützen, Kommissar! Wir haben auch Rechte!
Solange diese Furie hier tobt, hat es sich mit dem Ganovenleben.
Furie? Was faselst du da, Mann?
Na, Ihre neue Inspektorin, diese Petunia...
Aaah! Da kommt sie!
Hilfeee!
Gnadeee!
Deckuuung!
SPRONG
Rette sich, wer kann!
?
FLÜCHT
Na, wie geht's deinem Knöchel?
Schon viel besser, danke, Klarabella!
Hallo!
War klar, wer auftaucht, wenn das Wort Furie fällt.

Nein! Die wahre Furie ist sie hier.
Tag!
Ich bin sehr zufrieden mit Ihrer Arbeit, Inspektorin. Sie haben Eindruck hinterlassen.
Ein Lob? Von ihm? Rudi, mach ein Foto, dieser Moment muss festgehalten werden!
Und was schreiben wir da drunter?
„Kommissar beglückwünscht Inspektorin zu bestandener Probezeit."
Sie nehmen mir das Wort aus dem Mund.
BLITZ
Danke, Klarabella! Das werde ich dir nie vergessen, was du für mich getan hast.
Hach!
He, ist doch selbstverständlich unter Cousinen!
Und nun ab in die Redaktion!
Möchtest du fahren?

EINBAHN
So ein zerbeultes Wrack? Nö danke.
333
Du brauchst dringend ein neues Auto, Rudi!
Leider wahr.
Entenhausener Kuriiieeer!
Neuer Beitrag von Klarabella Kuh!
Ja, über die selbstlosen Einsätze von Inspektorin Petunia.
Ihre ersten publizierten Gedichte!
Was?
Ja, die Texte, die Sie geschrieben haben, als Sie neulich darniederlagen.
Pfff!
Mit Verlaub, die sind deutlich intensiver und fesselnder als Ihr neues Kriminalgeschichtchen.
Deswegen habe ich mich für Ihre Lyrik entschieden. Könnte Ihr Durchbruch werden...
Ächz!
PATSCH
Haha!
ENDE

# Das Auge des Gesetzes wacht …

**Jerry Siegel** (Story), **Adriana Cristina** (Zeichnungen)

Ich habe mich um die Stelle beworben, weil ich Verbrecher jagen wollte. Aber im Streifendienst ist ja nichts los.
POLTER
KRACKS
!
Na endlich!
O nein!
Nichts als zwei raufende Kater.
FAUCH
FAUCH
ZISCH

Weg mit euch!
Mir scheint, die machen sich auch noch lustig über mich!
Und ich habe gedacht, im Polizeidienst ginge es mindestens so zu wie in einem Kriminalfilm!
Dabei stellen die einen nur zum Wacheschieben ab!
Inzwischen in der Entenhausener Bucht...
Anhalten und beidrehen!
WASSERSCHUTZPOLIZEI

Die hauen ab! Allerhand!
So ein Mist! Wenn bloß der Nebel nicht wär!
WASSERSCHUTZPOLIZEI

Als Donald abends heimkommt…
Was hast du denn?

Eine Wut im Bauch habe ich! Mein Polizeidienst ist ein einziger Reinfall!

Vielleicht kommt heute im Fernsehen ein spannender Krimi! Das wird dich aufheitern!
Und nun weitere Meldungen des Tages!
Schalt aus!
Heute in den frühen Morgenstunden lieferte sich die Entenhausener Wasserschutzpolizei eine wilde Verfolgungsjagd mit einem Schmugglerboot, das jedoch im Nebel entkommen konnte!
Soll ich immer noch ausschalten?
Nein, lass! Das interessiert mich!
Für die Ergreifung der Schmuggler wurde inzwischen eine Belohnung ausgesetzt!

Das wäre **die** Chance für mich!
KLICK
Da könnte ich es den Leuten mal zeigen!
Tags darauf im Polizeipräsidium...
Streifenhilfspolizist Donald Duck wünscht mich zu sprechen?
Ich hoffe, Sie haben einen triftigen Grund, mich bei meiner äußerst wichtigen Arbeit zu stören! Ich höre!
Äh, ich könnte die Schmuggler einfangen, meine ich!

Tatsächlich? Und wie?
Also, ich habe da einen Plan…
Geben Sie mir ein Paar motorisierte Wasserskier! Dadurch bin ich beweglicher als so ein schwerfälliges Küstenwachschiff. Ich meine, so könnte ich die Gauner besser verfolgen.
Hm… die Idee hat etwas für sich!
Sie meinen… ich meine, meinen Sie, das ginge?
Na klar! Das ist eine tolle Idee!
Und so…
Hihihi!
Ich bin der erste Wasserski-polizist der Welt!

Sieh einer an! Sogar das Fernsehen ist unterrichtet! Für die ziehe ich jetzt eine kleine Schau ab!
TV
Wie findet ihr das?
Das soll mir mal einer nachmachen!
Am Abend, während der Nachrichten…
Da staunt ihr!

Tags darauf…
Ich habe Ihre… Darbietungen im Fernsehen gesehen!
Ja, echt?
Sie sind Polizist, Mann, kein Filmstar!
Ist das verstanden?
Ja, Boss!
Zurück auf die Skier! Und bringen Sie mir schleunigst die Gesetzesübertreter!
Gesetzesübertreter! Jawohl, Boss!
Gesetzesübertreter hat er gesagt! Ganz wie er will!
Aha!

Sie sind auf frischer Tat ertappt!
Wie?
Können Sie nicht lesen?
Schluck!
ANGELN VERBOTEN!
Und so…
?
Hier bringe ich Ihnen einen Gesetzes-übertreter!
Was hat er verbrochen?
Angeln an unerlaub…
Wie?

Ist das alles?
Wie meinen Sie das?
Die großen Fische sollen Sie fangen!
Große Fische?
Okay, Boss! Sie kriegen die großen Fische!
Daher…
Große Fische will er, hat er gesagt!
Kann er haben, der Boss!
Aha!

Hier haben Sie den großen Fisch, den Sie unbedingt haben wollten!
Aha! Und was hat er angestellt?
Er hat im alten Ölhafen geangelt!
Der auch?
Sie wollten mir doch einen großen Fisch anbringen!
Na, schauen Sie ihn doch an! Wenn das kein gro-ßer Fisch ist?

Neiiiin!
Ja, aber…
Verstehen Sie denn nicht? Schmuggler sollten Sie überführen! Wasch-echte Schmuggler! Ist das klar?
Ja, Boss!
Und jetzt an die Arbeit!
Zu Befehl!

Tut mir leid, wenn ich ihn dauernd miss-verstanden habe! Soll nicht wieder vorkommen!
Huch… das sind ja…
…Waffenschmuggler! Das ist meine Chance! Jetzt oder nie!
Da, Boss! Das ist der Polyp, den wir im Fernsehen gesehen haben!
Ah! Den nehmen wir hoch!

**Ergeben Sie sich! Sie sind verhaftet!**
Du willst uns schnappen?
Das ist ein Irrtum!
?
**Wir** schnappen **dich!**
Oje!
So ein Reinfall!
PLUMPS

Nun, verehrter Herr Schutz-mann!
Sie fahren doch so gern Ski, oder?
Ich habe Sie etwas gefragt, Mann! Antworten Sie!
Ja, ja, sehr gern!
Den Wunsch kann ich Ihnen erfüllen! Sie dürfen gleich wieder hinaus aufs Meer!

Ich schnalle Ihnen nur noch etwas um!
Nein! Nicht!
DYNAMIT
Wieso? Das knallt doch so schön!
Ächz!
Hievt ihn hoch!
DYNAMIT
Also los! Motor anstellen!
RRRRR
Raus aufs Meer!

Nein, das dürft ihr nicht!
Und ob wir das dürfen! **Harhar!**
**Loslassen!**
**Harhar! Gute Fahrt, Herr Wacht- meister!**
DYNA

Ach, ich Armer! Wenn mich jetzt keiner rettet, hat mein letztes Stündlein geschlagen!
DYNAMIT
Schluck! Ein Boot!
Ho-hoffentlich schaltet der Mann an Bord rechtzeitig!
Ja, wer liegt denn da drin?
Auch ein PolizeiBoss braucht mal einen freien Tag!

Mir selber sind ja die Hände gebunden!
NAMIT
ZACK
NAMIT
Auaaa!
NAMIT
PLUMPS
DYNAMIT
Hilfspolizist Donald Duck! Was fällt Ihnen ein, mich zu stören?
Ich kann nichts dafür! Das ist den Schmugglern eingefallen!
DYNAMIT

Seh ich recht?
Wenn Sie das Dynamit meinen, ja! Es kann jeden Augenblick explodieren!
Nein, Moment noch! Warten Sie!
KA-WUMM

Harharhar!
Geschieht ihm recht!
Das haben sie jetzt von ihrer Schnüffelei!

Tags darauf…
Zur Strafe darf ich jetzt wieder in meinem langweiligen Viertel Wache schieben! Seufz!

Immerhin ist der PolizeiBoss noch ärmer dran…
Besuch für Sie!
Besuch? Soll reinkommen!
Ich habe auch ein Geschenk für Sie! Ich packe es gleich aus!
Hier! Ein Paar ganz tolle Skier! Wenn Sie im Winter wieder gesund sind, können…
**Skier?**
Schwester! Schnell!
**Schmeißt ihn raus!**
PRIVA
KLINIK
Ich verstehe gar nicht, wie man sich über ein Geschenk so ärgern kann?
ENDE

created in 2010

**Riccardo Pesce** (Story), **Ottavio Panaro** (Zeichnungen)

Finger weg vom Gebäck, Kuno Küchli!
Uaaah!
Ich verhafte Sie hiermit wegen Diebstahls einer frisch gebackenen Torte zum Zwecke der widerrechtlichen Einverleibung!
Schnaub!
Damit hat das Bangen der braven Bürger ein Ende!
KLICK
I LOVE KUCHEN
Auf Serienschlemmerei steht Haft mit Hafer-brei!
Das lasse ich mir nicht gefallen!
Sie werden nicht gefragt. Führt ihn ab! Der Fall ist erledigt!
Hrmpf! Darauf würde ich nicht wetten!
Eines Tages komme ich wieder! Und dann ist keine Torte mehr sicher vor Kuno Küchli! Haha!

KLICK
Tja, und nun sieht es so aus, als sei dieser Tag gekommen, meine Herren.
Denn Kuno Küchli ist es heute früh gelungen, aus dem K.E.K.S.* zu entkommen!
Wie furchtbar!
CHRAH
ZZZ...
*Knast für eingefleischte Küchenschurken.
GAG
Das ist der Grund, warum ich alle Mitglieder der Spezialeinheit GAG* zu dieser Krisensitzung einberufen habe!
GAG
*Garantiert astreiner Genuss.
Natürlich weiß ich, dass die Jagd nach einem Serienschlemmer die Grenzen des Zumutbaren überschreitet! Diese Aufgabe kann ich keinem von Ihnen befehlen!
Was bedeutet, dass sie jemand freiwillig übernehmen muss. Wer dies nicht tun möchte, verlässt nun bitte den Saal.
CHRAH ZZZ...
KRIMINELLE KÖCHE
GAG

Wer noch hier ist, wenn ich mich wieder umwende, wird mit mir gemeinsam die Untersuchung führen!
GAG
Mir fällt eben ein, dass ich einen Termin vergessen habe!
Ich komme mit, egal was es ist!
GAG
Tja, besser einer als keiner.
ZZZZZZzz
Agent Franz, ich bin stolz auf Sie, dass Sie sich dieser schweren Aufgabe stellen wollen!
Was?
Eigentlich... gähn... habe ich geschlafen und keinen Dunst, worum es geht, Chef!
Nicht weiter tragisch, mein Bester. Kommen Sie mit in mein Büro, dort erfahren Sie alles, was für den Fall wichtig ist.

Bitte sehr!
Die Akte von Kuno Küchli, dem Schrecken der Torten! Der Mann gilt als der schlimmste Serienschlemmer der Geschichte!
?!
Hmm... ich nehme da so ein ganz spezielles Aroma wahr.
SCHNUPPER SCHNÜFF
Das erkenne ich unter Tausenden!
Ja? Für mich riecht das nach gewöhnlichem Puderzucker Was soll daran besonders sein?
SCHNÜRF
Der Geruch erinnert mich an eine Begebenheit, die sich vor vielen Jahren zugetragen hat, Chef.
Wirklich? Erzählen Sie!

Oder nein, nicht jetzt! Lassen Sie uns die Sache beim Mittagessen besprechen.
Gute Idee! Die Zeit seit dem zweiten Frühstück wird mir immer ein wenig lang.
GAG
Beeilen wir uns! In zwei Stunden müssen wir zurück sein.
Für einen flinken Imbiss reicht es!
GAG
Wünschen die Herren die Karte?
Keine Zeit! Bringen Sie uns einfach alles!
Doppelte Portion!
Kundschaft gibt es, das glaubt dir im Zweifelsfall keiner! Vergiss den Servierwagen und schaff eine Schubkarre ran!
?!
Nun erzählen Sie mal, Franz. Wie war das mit dem Puder-zucker?
Tja, es geht dabei um ein Erlebnis aus meiner Kindheit.

„Damals war ich noch klein..."
Ich freue mich so auf meinen Geburtstag morgen, ich kann einfach nicht schlafen! Da hilft nur ein Stück Torte.
Nanu? Licht in der Küche? Wer kann denn das sein, mitten in der Nacht?
POLTER
**Moment!** Was soll das werden? Das ist meine Torte!
Ach?
Klar! Das sehe ich doch!
Na, das lässt sich leicht ändern!
PUST
**Hust! Hust!**
Verlauf dich nicht im Puderzuckernebel! **Hahaha!**

SCHMATZ
SCHLING
MAMPF
M-meine Torte! In einem Haps verschlungen!
Hat lecker geschmeckt!
Buhääääää! Schluchz! Rabääh!
Die Torte war genau die passende Vorspeise für meine Schlemmerserie heute Nacht!
**Mampf! Schmatz!** Das war alles. Ich hätte ihn aufhalten sollen, aber mir wurde ganz bange bei so viel Gefräßigkeit!
Zeit für den Nachtisch, der Dienst ruft!
Doppelte Portion!

Wenig später...
Serienschlemmer sind schwer zu fassen. Da muss ein Kriminaler schon einiges auf dem Kasten haben!
GESCHLOSSEN MANGELS NACHSCHUB
RESTAURANT
Verbrecher dieser Art sind völlig unberechenbar. Sie schlagen überall zu, wo sie etwas Essbares abstauben können!
SPEZIAL-ARCHIV
Hier bewahren wir Beweisstücke auf, die an die Auseinandersetzungen mit Kunden dieses Kalibers gemahnen!
Ice Scream, beispielsweise. Der Eisdieb!
Offenbar mit einer Vorliebe für Pistazie! **Schleck!**
ICE SCREAM FALL GELÖST!
Oder Big Biss! An dem hätten wir uns seinerzeit fast die Zähne ausgebissen!
**Du liebe Güte!** Muss der Hauer gehabt haben!
PIZZAEXPRESS

Hier, die DNA-Spuren an diesem angeknabberten Maiskolben haben uns schließlich zum Versteck des gierigen Kukuruz in einem Kornfeld geführt!
All diese Serienschlemmer haben wir schlussendlich gefasst und damit bewiesen, dass sich Gefräßigkeit nicht auszahlt!
Nichts da, Franz! Beweismittel bleiben ungefuttert!
?!
Chef! Kuno Küchli hat wieder zugeschlagen und die Konditorei Köstlicher ausgeräumt!
Wenn das so ist: Mir nach, Franz! Die Arbeit ruft!
Es hätte schlimmer kommen können. Die Konditorei Köstlicher kenne ich! Die ist immer einen Besuch wert!
GAG
GAG

KONDITOREI KÖSTLICHER
Ich bin der Chef der Abteilung GAG und das hier ist Spezialagent Franz Gans, mein persönlicher Assistent!
Da lang!
So was habe ich in meiner Laufbahn noch nie erlebt.
Was ist denn passiert?
Das fragen Sie am besten den Besitzer der Konditorei!
Ich bin zutiefst erschüttert! Eine ganze Tagesproduktion Panettoni ist restlos verschwunden!
Und es gibt nicht die geringste Spur!
Saubere Arbeit! Ohne einen Krümel zu hinterlassen!

SCHNÖFFEL
SCHNÖFF
Und dieses Törtchen da?
Keinerlei Fingerabdrücke.
Ich glaube, ich habe doch eine Spur gefunden, Chef!
Dann haben Sie bessere Augen als wir, Agent Franz!
Eher ein besseres Näschen! Den Halunken umweht wohl ein Hauch von Puderzucker!
Ich wusste immer, dass Sie das Zeug zum Superschnüffler haben. Hinterher, ehe sich unsere einzige Spur in Luft auflöst!

**Schnüffel!** Da nach rechts!
Bravo, Agent Franz!
**Schnüffel!** Und gleich dort vorne links!
Gut! Nicht nach-lassen!
Und bald...
**Schnüff! Schnüff!** Ich glaube, wir sind am Ziel, Chef! Der Geruch wird stärker!
Das Besteck gezückt und vorgerückt, Männer!
Bei drei gehen wir rein!
**Gähn!** Zählen macht mich immer so müde.

Eins... zwei...
KRACKS
...drei! Los geht's!
Im Namen des Gesetzes: Sie sind hiermit verhaftet, Kuno Küchli!
ZZZ...
Nanu? Wo hat sich der Ganove versteckt?
Bitte, wir haben nichts verbrochen! Wir sind ehrbare Konditoren!
Und wir kennen keinen Kuno Küchli!
GAG

Darf man fragen, was Sie hier produzieren?
Ja, natürlich! Rührkuchen!
Ich verstehe! Und diese Maschine dient dazu, die Kuchen mit Puderzucker zu bestäuben, ja?
PUD ZUCK
Merkwürdig. Ein Rührkuchen mit Rosinen?
Das sind keine Rührkuchen, sondern die Panettoni der Konditorei Köstlicher! Mit dem Puderzucker wolltet ihr sie nur tarnen, gemeines Diebsgesindel!
Wir sind aufgeflogen!
Gut, schafft die Halunken auf die Wache, Männer! Und sorgt dafür, dass die Backwaren von hier verschwinden!
Backwaren?

Habe ich etwas verpasst? War nicht eben von Essbarem die Rede?
Wir haben die gestohlenen Panettoni gefunden!
PUDER-ZUCKER
Und die müssen nun weg!
Kein Problem! Ich kümmere mich darum, Chef!
MAMPF
SCHMATZ
SCHLING
Ich bin mir nicht sicher, ob wir dieselbe Vorstellung von dem Vorgang haben.
Soll sich der Ärmste allein abmühen?
Aber nein! Gehen wir dem Kollegen zur Hand!
GAG
Seufz! Und ich als Chef darf den Verlust des Diebesgutes erklären.
MAMPF
HAPP
SCHMATZ
MÜMMEL

Damit machen wir keine gute Figur, das muss ich wirklich sagen.
Stimmt, so ein Kuchen trägt doch mehr auf, als man meinen mag.
Ach, Schwamm drüber, Agent Franz! Wenden wir uns lieber wieder dem Fall Kuno Küchli zu!
BRIEP BRIEP BRIEP
?!
Ja, bitte?
Und wo?
Wir kommen!
Es gibt einen neuen Hinweis!
Auf Kuno Küchli?

Fürs Erste mal auf Puderzucker! Eine Streife meldet ein völlig verzuckertes Viertel! Das sehen wir uns an!
GAG
Und bald...
Gut! Kein Risiko diesmal! Wir stürmen den Laden mit großem Besteck!
Der Puderzucker kommt aus dem offenen Fenster dort, Herr Kommissar!
Ich nehme den Schöpflöffel!
Keine Bewegung!
Sie sind hiermit verhaftet!
Wie? Aber ich habe nichts verbrochen!
PUDERZUCKER

Was haben Sie hier zu suchen?
Wieso? Das ist mein Zuhause!
Die übliche Ausrede. Wie langweilig.
Und wozu brauchen Sie den vielen Puderzucker?
Für meine Arbeit! Ich verkaufe Zuckerstangen im Stadtpark!
Darf man fragen, wie der Zucker von hier auf die Straße kommt?
Na ja, wenn die Stangen eingezuckert sind, fege ich den Rest Puderzucker zusammen und werfe ihn aus dem Fenster! Ist nicht verboten.
Was machen wir mit dem Mann, Chef?
Einsperren! Ich entsinne mich, dass er Wucherpreise verlangt für seine Zuckerstangen!
GAG

In den folgenden Tagen aber bricht das Chaos herein über Entenhausen...
*Die Schlemmerserie, begangen von Kuno Küchli, dem Schrecken der Torten, will kein Ende nehmen!*
FEINE KIRSCH-TORTEN
Er hat alle Kirschen geklaut! Wir müssen die Produktion einstellen!
**Aaah!** Unsere Hochzeitstorte ist verschwunden!
Er hat unsere Torten gefuttert!
Und womit sollen wir jetzt werfen?
**Hrmpf!** Ein Diebstahl beim Bankett des Bürgermeisters! Das untergräbt meine Autorität! Und Kohldampf habe ich auch!
TORTEN
**Es reicht!** Kuno Küchli hat seine letzte Torte gestohlen! Errichtet Straßensperren in ganz Entenhausen!
KLICK

So...
Halt!
SLURP
Was haben Sie geladen?
Speiseeis!
SLURP
SPEISEEIS
Wir, ähem... sind gehalten, die Ladung genau in Augenschein zu nehmen. Sie erlauben?
Bitte...
He! Müssen Sie deshalb jede einzelne Packung aufreißen, Inspektor?
Ich kenne keinen anderen Weg, um an den Inhalt zu kommen. **Schmatz! Schlurps!**
Gut, aber darf ich fragen, warum Sie an meinem Reifen nuckeln?
SLURP
**Ups!** Ich habe ihn für einen Kringel gehalten!
Den Kringel habe ich eben gewechselt, weil er platt ist!

Und wie kommt der Puderzucker an das Rad?
Vermutlich, weil ich die Panne vor der alten Zuckerfabrik hatte.
Irgendwie überzeugt mich das nicht recht. Die Fabrik ist doch seit mindestens zehn Jahren stillgelegt.
SLURP
Was mich auf eine Idee bringt, wie ich merke!
Deshalb...
...glaube ich, dass sich Kuno Küchli in der alten Fabrik versteckt!
Guter Gedanke, Agent Franz!
GAG
Trommeln Sie die Männer zusammen, wir schreiten umgehend zur Festnahme!
GAG

Und...
Schnüffel! Schnüff! Schauen Sie, da haben wir den Puderzucker!
Sie hatten also tatsächlich recht, Agent Franz!
Und der Eisfahrer hat nicht gelogen. Da ist der Abdruck von einem platten Reifen.
Sieht so aus, als hätten wir unseren Serienschlemmer bald hinter Schloss und Riegel!
Hehe!
O nein! Das Lager ist leer!
Aber er war hier! Der typische Duft ist nicht zu überriechen! Schnüffel!
Klonk!
Dort!
GAG
Er flieht über das Dach!
Hinterher, Männer!

Ähem... ich weiß nicht, ob ich für derartige Unterneh-mungen richtig gebaut bin.
Keine Klagen! Das gehört zum Dienst!
Dort ist er! Und keine Leiter weit und breit!
Tja, damit sitzt er in der Falle!
Widerstand ist zwecklos! Um die Gefängniskost führt kein Weg mehr herum!
**Pah!** Zuerst müsst ihr mich mal kriegen!
KNIRSCH
GAG
Oh!
Ha?
KRACKS
Uaaah!
Vielleicht sollte meine Berufswahl noch einmal überdenken.
**Hehe!** Gut so! Sie sind in meinen Puderzuckervor-räten versackt!
POMPF

Tage später...
Ich muss ständig an diesen Küchli denken. Der Fall bringt mich noch um den Verstand! **Seufz!**
Wenn der gute Franz keinen Nachschlag verlangt, ist die Lage wirklich sehr ernst!
LANDKURIER
Wir werden ihn nie fassen, weil keiner wissen kann, wo er als Nächstes zuschlägt!
Ich gebe zu, das ist der verzwickteste Fall meiner langen Laufbahn!
Man müsste zu denken versuchen, wie dieser Küchli denkt!
Ja, aber wer kann sich in diesen Vielfraß einfühlen?
?!

Franz, wenn Sie ein Serienschlemmer wären, was würden Sie als Krönung Ihrer kriminellen Karriere sehen?
Hmm, warten Sie...
Ich hab's! Eine dreistöckige Kirschcremetorte mit vierschichtiger Glasur, wie sie Frau Großmutter macht! Schon bei dem Gedanken läuft mir das Wasser im Mund zusammen!
Ja. Doch. Ich denke, das ist einen Versuch wert!
Was haben wir vor, Chef?
Wir werden Küchli eine Falle stellen, die er nicht umgehen kann!
Ich fahre in die Stadt, Frau Duck, und veranlasse alles Nötige!
Tun Sie das! Ich werde mich derweil dem Backen widmen!

So...
Perfekt! Sämtliche Agenten sind auf ihren Posten und überwachen die Eingänge zur Hauptwache.
GAG
„Rund um das Gebäude herum haben wir Torten mit einer extradicken Schicht Puderzucker platziert...“
GAG
„Sie dienen als Köder für Kuno Küchli und sind mit einem Alarmsystem verbunden...“
ZZZ... ZZZ...
„Völlig undenkbar, dass jemand unbemerkt hier eindringt!“
ZZZ... ZZZ...
Hehehe!
Während wir warten, wollen wir dieses Meisterwerk genießen!

Gute Idee! Schneidet ein Stück für mich ab!
GAG KANTINE
Was?
Oje!
Das ist er!
Jetzt haben wir ihn!
Eine eher groteske Verkennung der Tatsachen!
Hust!
Hust!
Hust!
Köstlich! Ich kann es kaum erwarten. **Schleck!**
Finger weg von meiner Torte, du Halunke!
**Was?** Ich dachte, du schläfst?
Bei einer Torte in Not bin ich sofort hellwach!

Und was hast du nun vor, mein unersättlicher Freund?
Ich werde tun, was ich auch damals hätte tun sollen!
Du erinnerst dich an mich? Ich fühle mich geschmeichelt! **Haha!**
**Lass los, Ganove!**
**Nein, du!**
**Verflixt!** Er hat mir die Torte gemopst!
Ha! Jetzt sind wir endlich quitt!
Das wäre erledigt!
Kuno Küchli, ich verhafte Sie wegen vorsätzlicher und verschärfter Serienschlemmerei!
Habt ihr's doch noch geschafft!

Nun, da der Gauner hinter Gittern ist, können wir uns zur Feier des Tages Ihr feines Backwerk zu Gemüte führen, Frau Duck!
Prima Idee!
Ich fürchte, darauf müssen wir verzichten, Herr Kommissar!
Wieso das?
Weil sich Franz zu sehr in die Person des Serienschlemmers eingefühlt hat.
Er hat die ganze Torte verspachtelt!
Mal ehrlich... hat jemand etwas anderes erwartet?
Burps!
GAG
ENDE

**Nino Russo** (Story), **Stefano Intini** (Zeichnungen)

Sie hat dich in letzter Zeit wohl links liegen lassen, wie?
Gewissermaßen. Sie hat nur noch Augen...
...für Uniformen!
Du hast doch auch immer eine Art Uniform an, Onkel Donald.
Das zählt nicht. Ihr solltet sehen, wie sie Soldaten, Polizisten und Feuerwehrleute anschmachtet. **Seufz!**
Guten Tag, Herr Oberst von Ochsig!
Guten Tag!
Morgen, Frau Duck!
Guten Morgen, Herr Wachtmeister!
Den grüßt du nicht? Gefällt dir etwa die Uniform nicht?

Du bist wohl eifersüchtig?
Wundert's dich, wenn du jeden Operettenuhu anhimmelst?
Ist doch nicht wa... **aaah!**
Eine Uniform macht einen Mann eben erst zu einem echten Mann!
Du meinst also, sie verleiht ihm Bedeutung?
Und was ist damit?
Matrosen haben keine Bedeutung.
Nicht solange es Kapitäne gibt.
Seufz.

Versteht ihr? Ich habe Daisy an eine fixe Idee verloren.
Kopf hoch, Onkel Donald! Du kannst sie doch wieder zurückerobern!
Und wie?
Besorg dir auch eine Uniform! Bei der Feuerwehr... oder bei der Polizei!
Großartige Idee! Wünscht mir Glück, Jungs!
Wenn dir das Schicksal lacht...
Das lacht nicht nur, es klopft sich auf die Schenkel vor Freude über seine eigene verquere Fantasie...
PITSCH PATSCH
Fertig! Das war der letzte Fetzen für heute.
FÜR EINE SAUBERE STADT!
WIR BILDEN AUS.
Hmm..

IM DIENST DES GEMEINWOHLS!
- WUCHTMEISTER -
FÜR EINE SAUBERE STADT! WIR BILDEN AUS. KEHRWEG 113
?
Das ist der Typ mit den Putzkolonnen, oder? Die nerven.
KRITZEL
Ich hasse Ordnung! Putzbullen, blöde! **Hehe!**
Wenig später...
Wo könnte ich es versu... **uh?**
IM DIENST DES GEMEINWOHLS!
- WACHTMEISTER -
FÜR EINE SAUBERE STADT! WIR BILDEN AUS. KEHRWEG 113
**Hurra!** Wachtmeister ist die perfekte Lösung!
Da kriege ich eine Uniform und Daisy große Augen!
**He!**
Nicht lange danach...
In diesem Bau muss es irgendwo sein.
113

Verzeihung! Die Ausbildung...
Immer der Nase nach, bis du auf das Plakat stößt. Ist kaum zu übersehen.
PORTIER
PORTIER
Ein angehender Wachtmeister übersieht aus Prinzip nichts!
Toller Slogan! Klare Worte, die keine Frage offenlassen!
WIR BRAUCHEN DICH!
FÜR DEN GROSSEN KEHRAUS!
Ah, künftige Kollegen?
Jo! Wir hoffen, die nehmen uns.
Hast du auch das Bedürfnis, Ordnung zu schaffen in dieser Stadt?
Ehrlich gesagt, ich suche einfach Arbeit.

Aber das ist eine besondere Arbeit. Die verlangt Mut!
In gewissen Momenten sicher.
BRAUCHEN DICH!
N GROSSEN KEHRAUS!
Beim Leeren der Abfalleimer.
Beim Aufsammeln von schimmligen Stullen.
Zur selben Zeit...
Gibt es Anwärter?
Gibt es, Chef. Sogar drei auf einmal!
CHEF
Dann kann die Schulung ja beginnen!
Ab heute bin ich Lehrer!
Willkommen, meine Herren! Ich möchte einige wenige Worte verlieren über das, was Sie erwartet!
Wir sind ganz Ohr!
?
Vom Papierkorbleerer zum Papierkorbleererlehrer!
CHEF

Bei uns lernen Sie, mit dem allseits anfallenden Chaos und der Unordnung in unserer Stadt aufzuräumen.
WIR BRAUCHEN DICH!
FÜR DEN GROSSEN KEHRAUS!
Besonders in den besseren Vierteln mit ihren Villen und Anwesen.
Eine Art Spezialeinheit offenbar!
Um eines klarzustellen... wer sich für echte Schmutzarbeit zu schade ist, hat bei uns nichts verloren! Doch wer den Vertrag nach Kräften erfüllt, wird befördert. Wer nicht, wird nach allen Regeln der Kunst verklagt!
Ich unterschreibe blind!
Willst du es dir nicht erst überlegen?
Unsinn! Diese Chance kriegt man nur einmal!
Wenn du meinst...
KRITZEL
Hier bitte, Herr Kommissar!
Wie kommen Sie auf Kommissar, junger Mann? Ich bin...

Hauptkommissar, ja? Darf ich Sie Chef nennen?
Komischer Vogel! Aber sehr willig.
Man beginnt mit der Einweisung...
Ab sofort hört alles auf mein Kommando, klar?
Der Kurs ist kurz, aber intensiv! Ich bringe euch die Grundkenntnisse des Gewerbes bei, den Rest bringt später die Erfahrung mit sich!
Kriegen wir dann eine Uniform?
Aber sicher! Ohne lasse ich euch nicht auf die Leute los!
Ich kann es kaum erwarten!
Autsch!
Jede Wette, dass sich Daisy wieder neu in mich verliebt!
Oh, Donald! Wie männlich du bist!
**Grummel! Schnaub!**

Hier drin lagert die Ausrüstung. Beginnen wir mit...
Pistole? Funk-gerät?
MÜLLTÜTEN
...den Besen! Für jeden von euch einen!
Waaas?
Was haben Sie erwartet? Dass Sie gleich am großen Rad drehen dürfen?
Nein. Lehrlinge kehren. Ist schon klar.
Eben. Das ist in keinem Beruf anders. Jetzt zeigt, was ihr könnt!
Ich glaube, ich habe es kapiert.
Und deshalb...
Der übertreibt aber.
Denkst du, dafür kriegst du mehr?
WISCH
WUSCH
SCHRAPP

Indem sie uns mit dieser Drecksarbeit demütigen, wollen sie herausfinden, aus welchem Holz wir...
...geschnitzt sind! So haben es die alten Meister der Samurai auch gemacht!
WISCH
WUSCH
Man lässt nicht nach, und bald...
**Schnauf!** Geschafft!
Schnell und sauber! Kompliment!
Streber!
Schleimer!
Gut! Und jetzt will ich drei spiegelblanke Scheiben sehen!
Ich werde ihm beweisen, dass in mir ein gestandener Samurai steckt!

Hiaaah! Hai-hai-hai! Haiii!
?
?
Und? Was sagen Sie?
Toll! Das hätte ich nicht besser gekonnt!
Herr Paul, gehen Sie bitte kurz rüber zur Post, eine Überweisung einreichen!
Aber ich gebe gerade Unterricht, Chef!
Hmm.
Verstehe. Das ist ein Test auf Vertrauenswürdigkeit!
Ich gehe!
Gute Idee! Er ist flink und verlässlich.

Wie der sich ranschmeißt, ist schon unappetitlich!
Die Firma sieht es gern, nur zur Information.
Vertrauenswürdigkeit ist wichtig. Vor allem in Uniform!
Und ich gedenke, in diesem Fall ein leuchtendes Beispiel zu geben!
POST
Bis jetzt läuft alles wie am Schnürchen.
Verzeihung!
Können Sie mir sagen, wie ich von hier aus zur Post finde?
?
Da ist was faul. Die Post ist direkt vor seiner Nase. Die muss er doch sehen. Selbst mit dieser Brille.

Also wieder ein Test. Die wollen wissen, ob ich mich von meiner Aufgabe ablenken lasse. Tu ich aber nicht!
Zisch ab, Kollege, bevor ich zickig werde!
Da entlang meinen Sie? Danke!
Aaah!
Der wäre entsorgt. So leicht bringt mich nichts von meinem Ziel ab.
Wenig später...
Für heute ist es genug, Männer. Aber übt zu Hause weiter, damit ihr bald...
...eine gute Figur macht am Besen!
Zu Befehl!

Was haben Sie für einen Eindruck von den Neuen?
Nun, dieser Donald ist schwer auf Zack. Den könnten wir sogar auf die Stadtbank ansetzen.
Wirklich? Direktor Reibach ist sehr anspruchsvoll, was die Reinigung betrifft!
BLEIBEN SIE SAUBER
Schleifen Sie unsere Anwärter noch ein wenig, dann sehen wir weiter.
Mach ich!
Und so...
7
6
5
?
SURRR
Puh!
?
Eines schönen Tages dann...
Wird es nicht Zeit, dass Sie mir eine Aufgabe geben, die meinen Fähigkeiten entspricht?
Einen Augenblick!
?
Gut, keiner da, der mithört!

Er ist mein bester Mann. Ich kann nicht riskieren, dass er hinschmeißt. Mir bleibt nichts anderes übrig, als das Risiko einzugehen.
?
Einverstanden! Ab übermorgen treten Sie in der Stadtbank zu Ihrem ersten Einsatz an!
Wie? Dort geht es auch unsauber zu?
Und ob! Da herrschen Zustände, sage ich Ihnen!
Oooh!
NEW YORK
Da wartet viel Arbeit! Vor allem im Büro des Direktors! Sie kümmern sich darum, ja?
Mit Vergnügen!
Ich in geheimer Mission! Wahnsinn!
Schau mal, wie der schaut! Ist das normal?
Mit dem stimmt was nicht! Das ist sicher!

Der Chef hat gesagt, ich soll in der Bank so richtig aufräumen!
Daisy wird stolz auf mich sein!
313
Nicht lange danach...
Wirklich? Spezialagent mit einem Spezialauftrag? Und das gleich zu Anfang?
Wer kann, der kann.
Es handelt sich um eine ganz große Sache, das darfst du mir glauben.
Ah ja? Erzähl!
Ich weiß nicht, eigentlich ist es geheim!
Vertraust du mir nicht?
DAISY DUCK

Was ist?
Hm. Aber du darfst mit niemandem darüber reden, ja?
Hältst du mich etwa für eine Klatschbase?
Gut, hör zu! Es geht um unsaubere Machenschaften in der Stadtbank.
Ich soll Direktor Reibach überführen!
**Was? Im Ernst?**
Dabei macht er so einen ehrlichen Eindruck!
Das täuscht! Allerdings nicht einen Profi wie mich.
Ich muss los. Morgen geht die Ausbildung weiter.
Dabei lernst du bestimmt eine Menge neuer Dinge!
Na, sagen wir mal, ich vertiefe vorhandene Erfahrungen!
Ach ja? Welche?

Den Umgang mit einer... Spezialausrüstung zum Beispiel. Mehr darf ich nicht sagen.
Und du verrätst auch nichts?
Aber nein, mein Held!
Der Bankdirektor! Das ist eine Sensation!
Dumm, dass ich nicht darüber reden darf.
DING
DONG
Hallo, Daisy! Ich dachte, ich schaue mal rein!
Wie nett! Setz dich, ich mache uns frischen Tee!

Man hält sich an erlaubte Themen...
Wirklich, Liebes, ich freue mich für Donald.
Und er hat auch gleich einen geheimen Auftrag bekommen!
Leider hat er mir verboten, darüber zu reden.
Wie wäre es dann mit Schreiben?
Perfekt! Aber du darfst auch nicht reden!
Keinen Mucks.
Uah!
Denk daran, nicht weitersagen!
Wie auch immer, Henriette hält den Mund, doch...
So was!
Wer hätte das gedacht!
Man kann doch keinem mehr trauen!

So ein Ganove!
Und tags darauf...
Hast du das von dem Bankdirektor gehört?
Ja! Unfassbar!
**Oha!** Wie haben die das erfahren?
Hoffentlich wirkt sich das nicht auf unsere Arbeit aus!
O nein! Daisy hat geplaudert! Ich muss den Verdacht unbedingt von mir ablenken!
Frechheit, so was in die Welt zu setzen!
Nicht mal in Ruhe arbeiten kann man!

Am Morgen danach...
RASSEL
Juhuuu! Heute ist mein großer Tag!
Unglaublich! Er hat alles gestanden!
Ein richtig dicker Fisch!
KIOSK
Was ist passiert?
Direktor Reibach ist von seinem Posten zurückgetreten!
Offenbar habe ich den Fall zu Ende gebracht, bevor ich überhaupt angefangen habe!
Möchte wissen, wer ihn so unter Druck gesetzt hat.
Ich weiß es!
Wenig später...
Was ist denn, Donald?
Moment, Chef! Ich will nur sichergehen, dass keiner mithört!

Ihr Verdacht hat sich bestätigt! Dank mir musste Direktor Reibach seinen Betrug gestehen!
Verdacht?
Unter uns können wir ja offen reden. Ich war gut, oder? Die Stadt ist bereits ein klein wenig sauberer!
?
Mag sein. Aber in den Büros der Bank ist noch jede Menge zu tun!
Was? Treiben sich da noch mehr Betrüger herum?
CHEF
Guter Mann, woher soll ich denn das wissen?
Aber... Sie... ich...
Sie sollten sich besser um Ihre Arbeit sorgen, Donald! Um die Gauner kümmert sich die Polizei!
Aber fürs Aufdecken war ich gut genug, wie?
Was reden Sie da? Fühlen Sie sich nicht wohl?
Bloß weil ich nur ein kleiner Uniformträger bin! Dabei habe ich noch nicht mal eine!

Wenn es nur das ist! Hier, bitte sehr!
Putzdienst?
PUTZDIENST WUCHTMEISTER
Was wundert Sie daran? Sie haben sich doch auf dieses Plakat hin beworben!
Aber...
IM DIENST DES GEMEINWOHLS! - WUCHTMEISTER -
FÜR EINE SAUBERE STADT! WIR BILDEN AUS. KEHRWEG 113
Ein Missverständnis! Ich... bla, bla...
Was?
Die Folgen der Erklärung sind vorhersehbar...
Woaha! Das halte ich im Kopf nicht aus! Sie sind ein Komiker! Haha!
Was gibt es da zu lachen?
BOMM BOMM
Jede Menge! Da pinselt einer am Poster und Sie... woahaaa! Ich glaub's nicht!
Hrmpf!
Besonders aufwendig sind Sie nicht gestrickt, wie? Aber das muss in Ihrem Job kein Schaden sein.
Vergessen Sie den Job! Ich will ihn nicht!

Nein? Wissen Sie noch, was ich ein paar Seiten vorher gesagt habe?
So gefragt... nein. Da muss ich nachsehen.
Bei uns lernen Sie, mit dem allseits anfallenden Chaos und der Unordnung in unserer Stadt aufzuräumen.
WIR BRAUCHEN DICH! FÜR DEN GROSSEN KEHRAUS!
Besonders in den besseren Vierteln mit ihren Villen und Anwesen.
Eine Art Spezialeinheit offenbar!
Um eines klarzustellen... wer sich für echte Schmutzarbeit zu schade ist, hat bei uns nichts verloren! Doch wer den Vertrag nach Kräften erfüllt, wird befördert. Wer nicht, wird nach allen Regeln der Kunst verklagt!
Ich unterschreibe blind!
Willst du es dir nicht erst überlegen?
Au verflixt!
Unsinn! Diese Chance kriegt man nur einmal!
Wenn du meinst...
KRITZEL
Hier bitte, Herr Kommissar!
Wie kommen Sie auf Kommissar, junger Mann? Ich bin...

Genau! Entweder Sie erfüllen den Vertrag oder Sie schulden mir 10.000 Taler!
Uack!
Meine Verlobte... die Uniform...
Ich verstehe. Das Problem sollte sich lösen lassen.
Und deshalb...
Die Uniform ist ganz schmuck. Bis auf den Aufdruck...
Hrmpf! Du musst ja nicht hinschauen, wenn du mich ansiehst.
DONALD DUCK
PUTZELEI ENTENHAUSEN
ENDE

WALT DISNEY

# Gut gemacht, Achtmalacht

**Sergio Badino** (Story), **Danilo Barozzi** (Zeichnungen)

Ein Tag wie viele vor ihm...
Fass, Rambo! Schnapp sie!
GRRR
Ei?
WIFF
WIFF
WIFF
WAFF
WIFF
Warum rennen wir weg? Der Zwergpudelpinscher kann uns doch nichts!
He, du hast recht!
Komm zu Onkel 176, Wuffi!
Braves Wauwauchen!
Wiff!
Wrrraff! Grrr! Haps!
Ja, aber... aua? Hilfäää!

Und...
Lasst euch bloß nicht mehr hier blicken, ihr Halunken, sonst macht mein Rambo ernst!
Wieso ist diese halbe Portion denn so stark?
Oh, das verdankt er dem „HiPoHu-Programm“!
Ein neues Futter aus Flusspferd und Huhn?
Unfug! „HiPoHu“ heißt Hilfspolizeihund! Ein kostenloses Training, das die Polizei anbietet!
Sie nehmen uns wohl auf den Arm, Gnädigste?
ZU!
ICH BIN PLEITE!
Drei so schwere Jungs? Ich kann mich beherrschen. Nein, es ist so, dass die Polizei neuerdings Haushunde auf ähnliche Weise ausbildet...
...wie ihre eigenen Diensthunde!
Wenn jetzt jeder Bello Beamter wird, bleibt uns bald nichts mehr zu beißen!

Mein Rambo ist einer der Anwärter auf das Goldene Halsband!
Was soll denn das sein?
Das weiß doch jeder! Es handelt sich dabei um die Auszeichnung für den Hund, der sich als HiPoHu am geschicktesten anstellt!
So...
Einen Hund haben wir. Und der könnte uns helfen, das Halsband abzustauben!
Aber wenn wir Achtmalacht als HiPoHu anmelden...
...riechen die Bullen Lunte! Das muss ein anderer machen!
Huhu!
Penny! Du hier?
Ja, klar! Wir waren doch heute verabredet!
Oh! Hatten wir vergessen! Die Arbeit...
PK

Ihr seid doch nicht wieder am Stehlen?
Wir? Nie!
Aber nein, wo denkst du hin?
Na gut! Achtmalacht und ich haben Kohldampf! Was gibt's denn?
Äh... unsere Spezialität! Geh schon mal und deck den Tisch!
Juchhu!
!
Spezialität? Klaukartoffeln?
Pommes, damit die Kleine zufrieden ist. Die brauchen wir nämlich.
Sie wird Achtmalacht für uns als HiPoHu anmelden. Völlig unauffällig!
Und wenn sie es merkt?
Penny hat Talent als Schnüfflerin. Immerhin will sie Polizistin werden!
Keine Bange, die schnallt nichts!

Man versucht sein Glück...
Sag, Pennylein, weißt du eigentlich zufällig, was HiPoHu bedeutet?
Natürlich! Das ist eine ganz tolle Sache!
Ja, finden wir auch! Drum haben wir uns gedacht, ob du vielleicht...
...unseren Achtmal-acht dort anmelden magst?
Klar mag ich und hab's längst gemacht!
Was?
176
176
761
Der Gute steckt mitten in der Ausbildung! Ihr werdet staunen, was er schon alles kann!
Waff!
PENNY
Was soll man dazu sagen?
176
671
176

Und wenn er das Goldene Halsband gewinnt, seid ihr erst recht sprachlos. Das wäre ein Traum!
Ja, ein...
„...Albtraum!“
Wir dürfen nicht zulassen, dass Achtmalacht zum Polizeihund verkommt. Ich meine, wir müssen auch an unseren Ruf denken!
Und an das Goldhalsband!
Wir könnten Achtmalacht dazu bringen, das Ding abzustauben!
Und wie? Der Rollmops auf Beinen hört nur auf Penny!
Wofür es einen Grund geben muss, da wette ich. Und den gilt es rauszufinden, Brüder!
So...
Oh, ganz einfach, Onkel 761! Wenn er gut ist, kriegt er einen selbst gebratenen Fleischklops von mir!
Hund müsste man sein!

Schaut nur, wie er sich drauf freut, uns seine Kunststücke vorführen zu dürfen!
Männ-chen!
Nasen-stand!
Schwanz-sitz!
Braver Hund! Hast dir dein Fresschen verdient!
Mompf! Mjam!
HAPS
PENNY
SCHLING
Also...
Wenn's bloß an den Bratlingen liegt...
Die werden wir auch noch gebacken kriegen!
Gleich kommt der Fifi um die Ecke geflitzt!

Jedoch...
Das riecht aber gar nicht druckreif!
Vielleicht mag Achtmalacht so was?
Glaub ich nicht. Der haut gerade ab, Brüder!
Wie zu meiner Zeit als Knastkoch. Da sind sie auch in Scharen ausgebüxt.
Was kocht ihr denn?
B-bratlinge für Achtmalacht. Wir wollten dir ein wenig helfen.
Hm. Seid ihr sicher, dass ihr nichts im Schilde führt?
I wo! Man wird doch noch kochen dürfen!
Macht, was ihr wollt, solange ihr mir nicht mein Süppchen versalzt!

Das wäre?
Ich hoffe, sie nehmen mich später an der Polizeischule auf, wenn ich jetzt mit Achtmalacht ein gutes Team bin!
PK
Man übt weiter...
Das gibt der Sache einen sanften Hauch von...
KA-WOMM
PK
Dynamit! Leute, ich glaube, wir haben das Pulver erfunden!
...und weiter!
Das Rezept ist Käse. Hab ich gleich gesagt.

Bis...
Ich hab's! Ich halte die Lösung in Händen!
Was ist das?
Ein Kochbuch, wie es kein Zweites gibt auf der Welt!
KOCHEN MIT WIRKUNG
WUMM
Seltenes Exemplar. Ich habe es bei einem Sammler getauscht. Gegen das Versprechen, es nicht zurückzubringen.
Was steht da drin?
Das beste Fleischklopsrezept aller Zeiten! Damit kriegst du jeden Hund dazu, dass er dir aus der Hand frisst...
...und dir die Befehle ungefragt von den Lippen abliest!
Hehe!

Bald...
Perfekt! Testen wir es, solange Penny in der Schule ist!
Achtmalacht! Hierher!
Da ist er ja!
Ich zeige ihm das Übungshalsband.
Lass ihn am Fresschen schnuppern.
Schnüff!
Und jetzt hänge ich das Teil hoch! Mal sehen, was passiert!
Er holt es freiwillig!
Wir haben es geschafft, Brüder! Das Ding läuft!
SCHNAPP
WUPP
BDOING
WUPP

Das hast du dir verdient!
Soll Penny ruhig weiter mit der Töle zum Training rennen, dann ist sie von der Straße und macht keine Dummheiten.
Die Klopse und wir treten erst in Aktion am...
SCHLABBER
SCHLING
„...Tag der Prüfung!“
Mit so viel Konkurrenz habe ich gar nicht gerechnet.
HIPOHU
PRÜFUNG
ZUM GOLDENEN
HALSBAND
Waff?
GRRR

Ich weiß, dass du Kohldampf hast, Achtmalacht! Aber das erste Fleischbällchen gibt es erst als Belohnung für den Hindernislauf!
Schau dir den an! Der ist ein echt heißer Anwärter auf das Goldene Halsband!
Inzwischen...
Jetzt! Penny ist abgelenkt! Los, wir locken Achtmalacht mit den Klopsen an!
Die duften aber auch lecker!
PK1
SCHNÜFFEL
Sniff? Mjam!
Da kommt er angesaust!
Waff!
Besser, ich mache den Deckel wieder dicht!
WITSCH

Das Fresschen gibt es nur, wenn du uns das Goldene Halsband lieferst!
Du findest es dort auf der Bühne hinter dem Vorhang!
HIPOHU PRÜFUNG ZUM GOLDEN HALSBAND
Lauf zu Penny, leg schön die Prüfung ab und bei der ersten Gelegenheit greifst du zu!
176-617
Und...
Na endlich! Wo hast du denn gesteckt, Achtmalacht?
Waff!
Ach, egal! Du kommst jedenfalls gerade rechtzeitig! Gleich präsentieren sie den Teilnehmern das Halsband!

Doch...
Katastrophe! Das Goldene Halsband ist weg!
O nein!
Hahaha! Bravo, Achtmalacht!
Augenblick! Ich glaube, er war es nicht!
Sonst wäre er längst hier... wegen der Belohnung!
Stimmt auffallend! Aber wenn er es nicht war...
„...wer war es dann?“
So ist's brav! Nimm schön Witterung auf, Achtmalacht! Jetzt kannst du zeigen, was du in deiner Ausbildung gelernt hast!
SCHNÜFFEL
SCHNÜFFEL

Rawaff!
He, nicht so wild! Du bist doch kein Windhund!
Zur selben Zeit...
Bravo, Jungs! Keiner wird je rauskriegen, wer das Goldene Halsband geklaut hat.
Ich, Hasso Hächelt, der Welt größter Halunke unter den Hundetrainern!
**Hehe!** Ich kenne einen durchgeknallten Sammler, der ein Vermögen für das seltene Stück hinblättern wird. Los, rein mit euch!
Aus dem Geschäft wird leider nichts werden!
H. H.
Grrr!

Was haben wir denn da? Eine Hilfspolizeiwurst auf O-Beinen und einen halb erwachsenen Hering! **Hahaha!**
**Hrmpf!**
Die ideale Zwischenmahlzeit für Hektor und Hannibal. Haps und weg!
GRRAUL
KNURR
Abwarten! Die Sache ist noch nicht gegessen. Alles klar, Achtmalacht?
Waff.
Zuerst der Truglauf...
H.
Hä?
WUSCH
...gefolgt vom wilden Wirrungswirbel!
**Ack?**
WIRBEL

Schließlich der eingesprungene Ablenkungsbiss...
Auaaa!
GNAPS
...mit abschließender Beschlagnahmung!
WITSCH
Und du bist verhaftet, Hächelt!
Pah! Will der Haufen von Hänflingen mich etwa an der Flucht hindern?
Wenn du so fragst... nein, das wollen wir nicht.
Aber die dort schon!
Was?

Pfah.
WAFF
GRRRR
WIFF
WROFF
WOFF
H. H.
WAFF
X33
GRRRR
Gut gemacht, Kindchen! Wo ist denn dein kleiner Held mit dem Halsband?
Ich weiß nicht, eben war er noch hier und...
PENNY
Dort!
Oha! Wo will er hin?
Verschwinde, Achtmalacht!
Du bringst uns in Gefängnis.
Sinnlos! Die Klopse sind stärker!
Wiff! Waff!
176-61
PK-I

Hier, nimm!
Ihr da, was habt ihr hier zu suchen?
PK 1
Äh, wir fuhren so dahin, und da...
**Dummes Gerede!** Wieso hat der Hund das Goldene Halsband zu euch gebracht?
Er wollte es uns zeigen!
Oh, ist das hübsch!
Hmm. Und wenn ich denke, dass das Tier auf euren Befehl gehandelt hat?
Dann täuschen Sie sich!
MAMPF
SCHLING
Meine Onkel haben kein Händchen für Hunde. Außerdem hat doch Hasso Hächelt das Halsband geklaut!
Genau! Der hat seine Viecher angestiftet!
Überlassen Sie die drei mir! Die haben keine Zeit mehr für Unfug, weil... pst...
Hmm?

Und so...
Wir kommen aus dem Kochen nicht raus, seit wir drei Köter haben!
Klar, das ist ein Haufen Arbeit. Aber wo hätten die armen Hunde bleiben sollen, wenn ihr Herrchen fürs Erste im Knast sitzt?
PK
Und dass Achtmalacht das Goldene Halsband bekommen hat, findest du gerecht?
Klar, das hat er sich verdient!
Er hat doch gezeigt, dass er es mit jedem ausgebildeten Halunkenhund aufnehmen kann!
8×8
**Fantastisch!** Nur wir haben mal wieder nichts von der ganzen Geschichte!
Aber sicher doch! Ihr habt gelernt, wie man die besten Klopse weit und breit brät!
Waff!
Wiff!
ENDE

**Riccardo Secchi** (Story), **Michele Mazzon** (Zeichnungen)

Sie liegen um 25 Punkte vor Ihrem Rivalen Harro Hager.
Ausgezeichnet.
WÄHLT BLEIBTREU!
Irgendwelche Termine?
Morgen müssen Sie zum Fest in den Stadtpark, und übermorgen haben Sie das Fernsehduell mit Ihrem Rivalen auszutragen.
Darum mache ich mir keine Sorgen. Ich werde diesen Möchtegern mit gewichtigen Worten aus dem Rennen fegen! **Hehehe!**
Gewiss… Hier wird die Post der Wähler bearbeitet. Wir versuchen, jeden Brief und jede E-Mail zu beantworten.
Löblich.
WÄHLT
WÄHLT
BLEIBTREU
POST
Aber dieses Paket haben wir noch nicht geöffnet, Herr Bürgermeister.
Kein Problem, Fräulein.
Man kann wohl behaupten, dass die Wähler mich lieben, oder?
RASCHEL RASCHEL

Ich hoffe, der Absender hat sich nicht in Unkosten gestürzt, nur um mir eine kleine Überraschung…
SQUATSCH
Gllb!
SPROING
Hihihi!
Hahaha!
Da ist eine Karte.
WÄHLT
WÄHLT
Schluck!
GESCHIEHT DIR RECHT!
Verständigen Sie die Spezialeinheit GAG*!
Natürlich, Herr Bürger… hihihi!
*Garantiert astrein genießen.

Kurz darauf…
Wie es aussieht, fällt dieser Angriff tatsächlich in unseren Zuständigkeitsbereich.
Finden Sie sofort den, der für diese feige und überaus hinterhältige Schmuddelei verantwortlich ist!
Bitte gehen Sie hinaus.
Was, wenn er wieder zuschlägt, und das womöglich noch in aller Öffentlichkeit?
Nur die Ruhe! Wir werden die Lage gleich analysieren.
Es sticht doch hervor, dass bald Wahlen sind. Vermutlich will jemand Ihre Wieder-wahl verhindern, Bürgermeister.
Da fällt mir nur Harro Hager ein. Immerhin will er Bürgermei-ster werden.
Warten wir ab, was die Analyse unseres Labors ergibt, bevor wir jemanden verdächtigen.
Mjam! Es ist zweifelsfrei eine Honoriustorte. Schleck! Sie wurde heute Morgen hergestellt…

MAMPF
KNURPS
Aber… Ihr Spezialagent verputzt ja den ganzen Beweis!
Nein! Er nimmt sorgsam jede Spur auf.
In der Buttercreme befindet sich kandierter Ingwer. Das steht so nicht im Originalrezept.
Damit hätten wir ein Indiz. Toll, Agent Franz!
Die Honoriustorte gehört zum gehobenen Konditorhandwerk. Das grenzt den Kreis der möglichen Hersteller unserer Tatwaffe erheblich ein.
Wir müssen also bei den besten Konditoren der Stadt ermitteln.
Das hört man gern. Schleck! Mampf!
Beschlagnahmt alle Honoriustorten und bringt sie ins Labor.
Das dürften viele sein, Chef.
Hoffen wir es.
BLEIBTREU
WÄHLT
BLEIBTREU

Wir stehen vor einem harten Stück Arbeit, Agenten! Aber wir analysieren jede einzelne Torte, bis wir die mit dem kandierten Ingwer haben.
Anders ist die Konditorei, aus der die fragliche Torte kam, leider nicht zu ermitteln.
WÄHLT
Geht klar, Chef.
Also los! Es gilt, keine Zeit zu verlieren!
Wer den Schurken findet, bekommt von mir eine Belohnung!
Nur keine Sorge! Wir werden reinen Tisch machen.
WÄHLT
**Halt**, ihr zwei! Für euch habe ich andere Aufgaben.
O nein!
Viel später…
Als ich von dem Vorfall hörte, war ich entsetzt. Aber dann habe ich mir gedacht, es ist im Grunde ja nur eine Torte.
NOTIZEN:
EIER
KÄSE

Was, wenn sich einer deiner Bewunderer einen kleinen Scherz erlaubt hat?
Nein! Es ist die Tat eines gefährlichen Kriminellen, der ins Gefängnis gehört.
Morgen muss ich zum Stadtfest im Park. Ein öffentlicher Auftritt wäre für diesen Schurken doch eine willkommene Gelegenheit, meine Liebe.
**Unsinn!** Du hast doch Personenschutz durch diese beiden netten Spezialagenten.
Mjam!
Bedienen Sie sich, Herr Agent Franz.
Gern! Es duftet fantastisch.
Kommst du dann auch zum Fähnlein-Fieselschweif-Stand und machst ein Gruppenfoto mit uns? Ich habe es den anderen versprochen.

Wenn mir die Zeit dazu bleibt, gern. Aber ich muss mich vor allem um Wähler kümmern, und ihr dürft ja noch nicht wählen.
Eines Tages dürfen wir es aber!
Tz! Ich habe wirklich Wichtigeres zu tun, als mit Pfadfindern Fotos zu machen, verstanden?
Seufz.
Die Lasagne ist äußerst delikat. Mampf!
Ganz köstlich! Schleck!
Schluck!
Die Herren haben Geschmack.
Wenn die Wahl vorbei ist, könnten wir doch mal für ein paar Tage Urlaub machen. Mir schwebt da eine gastronomische Rundreise vor.
Urlaub? Machst du Witze?
Mmmh! Wie das duftet!

Zeit zum Verreisen werde ich nur dann haben, wenn ich nicht gewählt werden sollte. Und daran mag ich nicht einmal denken.
Schling! Schleck! Die reinste Gaumenfreude, dieser Auflauf.
Ja, aber… ihr habt alles aufgegessen!
Tags darauf…
Seufz! Wie öde!
RATHAUS
Meine Kollegen dürfen gerade bei der Creme der Entenhausener Konditorzunft Honoriustorten beschlagnahmen, während ich hier…
…tortenlos herumstehe, obwohl auch ein Agent zum Schutz des Bürgermeisters genügen würde.
Schnarch!

Abgesehen davon, bin ich der einzige Agent, der den kandierten Ingwer identifizieren kann.
BIEP BIEP BIEP
BIEP

Stimmt! Daran hatte ich nicht gedacht, Agent Franz. Schließen Sie sich dem Torten-räumkommando an. Aber Ihr Kollege muss beim Bürgermeister bleiben.
Danke, Chef!

Und so...
Sie kommen gerade rechtzeitig. Wir wollen stürmen.
KONDITOREI KRAPFLE
GAG
Worauf warten wir dann?

Alles stehen bleiben! Wir sind die GAG!
!
Schluck!
Ist das eine Honoriustorte?

Ja, aber die ist vorbestellt. Der Anruf kam heute Morgen.
Her damit! Ich sage es kein zweites Mal.
Sie ist beschlagnahmt. Haben Sie noch andere Honorius-torten?
Zwei… im Kühlschrank.
Beeilung!
Was ist da drin?
Mandelkekse, die ich bei meinem Teekränzchen reichen will.
Die sind auch beschlagnahmt! Es könnten sich Spuren der Torte auf die Plätzchen übertragen haben.
Bah! Das ist doch…
Wir tun hier bloß unsere Pflicht, Gnädigste. Ihre Empörung lässt Sie nur verdächtig erscheinen.
Was sagen Sie da?
Räusper… ist ja gut, Agent Franz. Es liegen noch viele Konditoreien vor uns.

Und, viel später…
Wir konnten nicht herausfinden, wer den Zettel, der sich an der Torte befand, gedruckt hat. Der Drucker ist zu verbreitet.
Habt ihr wenigstens gute Neuigkeiten?
Nein, leider auch nicht.
Mampf! Knurps! Bisher enthielt keine Torte kandierten Ingwer… schmatz!
Eben! Knarpfel!
MJAM
Also gut, aber beeilt euch. Bis heute Abend will ich die Analyse auf meinem Tisch haben!
Zu Befehl, Chef! Knusper! Schling!
Und Sie kehren zum Rathaus zurück, Agent Franz. Der Bürgermeister wird bald zum Wahlfest gehen.
Wie? Mampf! Mampf!

Jetzt sofort?
Kommen Sie mir bloß nicht wieder mit Ihrem Spezialistentum! Der Befehl war deutlich!
LEIBCHEN
HEMD
BÜCHER
Los, zur Seite!
Einen wunderschönen Tag, liebe Wähler!
Der Bürgermeister!
Er wirkt beschwingt.
Wenn Sie Bürgermeister bleiben, werden dann die Steuern gesenkt?
Aber ja! Das ist einer der wichtigsten Punkte meines Programms.
Das haben Sie auch vor der ersten Wahl gesagt, aber geschehen ist nichts.
Hüstel…

Wie gut, dass Sie darauf zu sprechen kommen, mein Bester. So habe ich die Gelegenheit, allen zu erklären…
…dass ich sehr wohl einige Steuern gesenkt habe. Zum Beispiel die auf Lackschuhe… um ganze zwei Prozent…
Wen haben wir denn da? Unseren Exbürgermeister in spe.
Kandidat Hager! Sie auch hier?
Würden Sie sich mit ihm fotografieren lassen?
Gerne! Wir sind zwar Rivalen, aber wir hegen große Wertschätzung füreinander.
Ganz recht.
BLITZ
BLITZ
BLITZ
Dann bis morgen, zu unserem spannenden Fernsehduell.
Ich kann es kaum erwarten.

Während der Herr Bürgermeister seinen Wahlkampf fortsetzt…
Wenn ich gewählt werde, wäre es mir ein persönliches Anliegen, euren Verein zu unterstützen.
VEREIN DER BÄRTIGEN ENTENHAUSENER
…wird er beobachtet.
Da ist er ja.
Er muss ein kleines Stück näher kommen…
Wenn ich gewählt werden sollte, wird es mir ein persönliches Anliegen sein, euren Verein tatkräftig zu unterstützen.
Oh, das wäre aber nett.
Machen wir ein Foto zusammen?
VEREIN DES TRADITIONELLEN HÄKELNS

Sehr gut, Herr Bürgermeister!
Torte einspannen…
GNIEE
…und Abflug!
FLUNG
Möchten Sie noch ein Foto?
ZIIIIIII
SQUATSCH
Oh!

Bringt ihn in Sicherheit. Ich gebe euch Deckung!
Umpf!
Hihihi!
He, Leute! Das ist doch der Knüller!
BLITZ
BLITZ
BLITZ
Stopp!
BLITZ
Es reicht jetzt!
Okay! Das kommt auf die Titelseite.
Verständigen Sie umgehend die Zentrale, Agent Franz!
Verhaftet mir endlich diesen gemeingefährlichen Schurken!
Ja…
Es kommen keine weiteren Torten.
Leider…

Etwas später…
Und, Agent Franz?
Eindeutig kandierter Ingwer, Chef. Mampf… und zwar derselbe wie in der ersten Torte.
TATORT NICHT BETRETEN! TATORT NICHT BETRETEN!
Das hatte ich vermutet.
Sehen Sie, da ist eine Karte.
Ich wette, die wurde absichtlich hier zurückgelassen.
Chef!
MORGEN WERDE ICH WIEDE[R] LACHEN!
Die Torte kam von hier!
Kommen Sie mit, Agent Franz!
Gleich… schleck! Ich habe noch nicht alle Spuren gesichert.

Eine geniale Abschussvorrichtung. Wir haben es also mit einem begnadeten Heimwerker zu tun.
Schlurps! Da ist noch etwas Creme an dem Papier.
Moment! Dieses Silberpapier verwendet Frau Großmutter auch immer.
Das beseitigt den letzten Rest meiner Zweifel. Der Täter ist jemand, der sowohl Torten zubereiten kann, als sich auch sonst im Haus zu helfen weiß.
**Seufz!** Aber das reicht nicht. Und morgen ist das Fernsehduell!
Verstärken Sie Ihren Kollegen im Haus des Bürgermeisters, Agent Franz.
Gern! Hier bin ich eh fertig.
Am Abend…
Seufz.
NDBLATT
ER SOLL BÜRGER-MEISTER WERDEN?
Ich bin erledigt.
Na, nun übertreibst du aber, Schatz.
ABENDBLATT
WER SOLL BÜRGER-MEISTER WERDEN?

Du wirst sehen, es wird alles gut.
Den Umfragen nach habe ich zwanzig Punkte verloren.
Mag sein, nur ist das noch lange kein Grund, nichts zu essen.
Ich habe keinen Hunger.
Machen Sie sich keine Sorgen… Knurps! Mampf!
Wir schaffen das, zumal die Rouladen ein Hochgenuss sind. Die Idee, sie mit Peperoni zu füllen… einfach vorzüglich!
Vielen Dank, mein Lieber.
Möchte jemand vielleicht etwas Süßes? Ich habe einen Stachelbeerkuchen gebacken.
**Grmpf!** An solchen harten Tagen ist mir nicht nach Süßem.
Also, uns schon, nicht wahr? Schleck!
Schlurps!

Schau mal, Papa! Harro Hager ist im Fernsehen!
Das sieht diesem geschniegelten Geck mal wieder ähnlich!
Zunächst einmal möchte ich ausdrücklich erwähnen, dass ich mit meinem Kontrahenten fühle. Solche niederträchtigen Attacken sind zu verurteilen und müssen mit aller Härte des Gesetzes bestraft werden.
Das sagt er, aber im Grunde freut es ihn doch.
Genug! Du zerfleischst dich nur selbst.
ZAPP
Entspann dich ein bisschen. Morgen hast du immerhin einen langen Tag vor dir.
Ich weiß. Allein der Gedanke daran raubt mir den Schlaf.
Den Herren Agenten offenbar nicht.
Schnarch!
Ra-püh!
Chrrr…

Hahaha!
WÄHLT HAGER!
WÄHLT HAGER!
Keiner sieht mich. Da kann ich lachen.
ABENDBLATT
Nach den letzten Umfragen liegen Sie 21 Punkte vor Bleibtreu.
Das reicht mir nicht. Wir müssen den Vorsprung ausweiten.
WÄHLT HAGER!
STIMMT FÜR HAGER!
WÄHLT
Ist für morgen alles bereit?
Bereitest. Hehehe!
STIMMT FÜR HAGER!
Perfekt! Die ganze Stadt wird dem Untergang dieses Trottels in Echtzeit beiwohnen! Hehehe!

Am Tag darauf…
Hoffen wir das Beste…
Ach, das wird schon.
Du darfst nur den Kopf nicht hängen lassen.
Danke, Schatz!
PATT
PATT
PATT
Wir müssen los! Vor dem Fernseh-duell habe ich noch zwei andere Termine im Rathaus.
Wir frühstücken noch, dann kommen wir.
Knarpfel! Schmatz!
Moppel und ich werden ganz laut klatschen!
Das ist lieb von euch.

Einen Augenblick bitte, Herr Agent Franz.
Ja?
Es wird ein anstrengender Tag für alle werden, und damit Sie und Ihre Kollegen bei Kräften bleiben, habe ich einen kleinen Imbiss vorbereitet.
**Mjam!** Sie denken aber auch an alles. Tausend Dank!
Viel später…
Meine Leute haben sich in jedem Winkel des Theaters versteckt und halten Wache. Sie achten auf jeden, der kommt oder geht, und werden gnadenlos zugreifen, sollte sich jemand mit einer Torte nähern.
Seufz. Ich hoffe es.
Diese zwei Spezialagenten bleiben bei Ihnen. Sie können sich auf ihre Wachsamkeit verlassen.
Gähn!
Wir gehen in drei Minuten auf Sendung!
Okay! Ich komme!

Und…
Lassen wir dem Kandidaten zuerst das Wort, den wir als unseren Bürgermeister kennen.
KLATSCH
KLATSCH
KLATSCH
KLATSCH
KLATSCH
Hurra!
Hier Chef der Untereinheit eins… können Sie mich hören?
Chrrr…
Hören Sie mich?
Zzz… hu? Ich bin hier, Chef… alles ruhig… keine besonderen Vorkommniss… Zzzzz!

**Nanu?** Dieser Duft... Schnupper! Der erinnert mich doch... Moment... wo kommt der her?
Von da! **Schluck!** Es scheint eine Honoriustorte zu sein!
Der Schurke ist da! Aber diesmal wird es...
**Urgh!**
...nicht zum Wurf kommen.
?
**He!** Das ist doch Harro Hagers Sekretär?
**O nein!** Die Torte!
Er wollte Bleibtreu angreifen!
PRESSE

Ich wusste, dass Sie dahinterstecken!
Halt!
Gllb!
Nachdem das geklärt ist, können wir den Fall abschließen. Schafft sie fort!
Nicht zu glauben! Ein krimineller Politiker.
BLITZ
BLITZ
BLITZ
Hm… da stimmt etwas nicht, Chef! Hier fehlt ganz eindeutig der kandierte Ingwer.
Egal! Wir haben ihn doch in flagranti ertappt. Mehr an Beweis braucht es nicht.
Oh, Schatz! Ist alles in Ordnung?
Ja, ja! Sorge dich nicht weiter.

Eine Stellungnahme, bitte, Herr Bürgermeister!
BLITZ
Sie sind ja jetzt der einzige Kandidat.
Äh… Verzeihung. Ich muss arbeiten.
Die peinliche Episode, deren Zeugen Sie heute Abend hier wurden, sollte das Vertrauen der Entenhausener in ihre Politiker keinesfalls schmälern oder…
Hm! Das überzeugt mich nicht.
Denken verbraucht jede Menge Kalorien. Wie gut, dass ich die Kekse von Frau Bürgermeister noch habe…
KNUSPER
Mampf! Aber ja! Jetzt ist mir alles klar!
Wohlstand und soziale Eintracht sind die unverzichtbaren Elemente, um ein wirtschaftliches Vorwärtskommen unserer Stadt zu garantieren…

SQUATSCH
Sie kam von da!
Was ist denn passiert?
Schleck! Da ist kandierter Ingwer dran.
Es ist der gleiche Ingwer, der auch in diesen Keksen verbacken wurde, woraus folgt, dass der Täter…
…die Frau Bürgermeisterin ist.
Ja, es ist wahr.

Seit du zum Bürgermeister gewählt wurdest, denkst du nur noch an deine Arbeit. Deshalb habe ich deine Wiederwahl sabotiert.
W-wie?
Und Moppel hat mir dabei geholfen.
Verzeih uns, Papa.
Ist das zu fassen?
Ja, und der Kandidat Harro Hager?
Der hat den Tortenwurf vorhin organisiert. Er war sich sicher, man würde es dem anderen Täter in die Schuhe schieben. Aber da hat er seine Rechnung ohne Spezialagent Franz gemacht.
Na und? Da du wiedergewählt wirst, war eh alles vergeblich.
Hm… nicht ganz. Ich habe da auch schon eine wunderbare Idee…
Und so…
Wie schön! Eine gastronomische Rundreise!
Bei der die Agenten der GAG nicht fehlen dürfen.
Danke… mampf! Kann ich noch eine Schüssel Wurstsalat haben? Knurps!
ENDE

Created 1998

**Stefano Petruccelli** (Story), **Lorenzo Chiavini** (Zeichungen)

Endlich raus! Nix wie heim und gleich das nächste Ding ausbaldowern!
REIB REIB
Was wird es wohl sein? Eine Bank? Ein Juwelier? Ein... hm?
...gar nicht sagen, wie mich das hier fertigmacht, Issel!
Ich habe es satt, ich kann und ich mag das so nicht mehr.
Ich verstehe Sie, Chef.
KOMMISSAR HUNTER
GESUCHT
Ich kann es kaum erwarten, endlich rauszukommen.
Oha... interessant!
P
P

Hunter wird nach einem langen Leben im Dienste von Recht und Ordnung also endlich müde und mürbe?
PARK
Tja, ohne den wird für mich alles viel einfacher. Der alte Waden-beißer kennt mich einfach viel zu gut.
Gaunerdasein ohne Hunter! Hach, ein Traum! Jetzt fängt das wahre Leben an!
DONNK
Vorsicht, Karlo! Du willst doch nicht gleich wieder wegen Demolierens von Stadtmobiliar ein-fahren, oder?
Glagla!
HAPPA

Zu Hause...
**Waaas?** Hunter hat die Faxen dicke und will aufhören?
Ganz sicher?
Ich glaube ja, da hast du dich verhört.
Hab ich nicht! Ich traue meinen Ohren und weiß, was ich gehört habe.
Okay, aber was sollen wir jetzt machen?
Ihm alles Gute für die Pension wünschen? Kärtchen?
Blödsinn! Aber wir können seine Entscheidungsfindung unterstützen, indem wir ihm noch mal ordentlich lästige Extraermittlungsarbeit verschaffen.
Und hast du auch schon einen Plan?
Gute Idee!

Jep! Was richtig schön Stressiges und Ermüdendes für unseren guten alten Hunter.
Aber dafür braucht es erst mal ein paar sorgfältige Vorbereitungen.
Uhrenvergleich, Männer... und Trudi!
KLICK
Zuerst holen wir ein paar alte Tricks aus der Mottenkiste...
...dann kundschaften wir Zeiten, Orte und Laufwege aus. Wäre doch ein Verbrechen, sich so eine Gelegenheit entgehen zu lassen.
Und so was tun wir nicht, wir Verbrecher, stimmt's?
Stimmt!

Später in der Nacht...
Herr Kommissar! Einbruch beim Juwelier Lux!
Ich hatte schon befürchtet, dass eine so ruhige Nacht nicht allzu lang so bleiben würde.
QUUUÄÄÄK
Hallihallo, Herr Kommissar!
BLUMEN
TELEFON
Auf frischer Tat ertappt! Das ist Kater Karlo!
LAAALÜÜÜ
Na, Lust, sich von mir ein bisschen bespaßen zu lassen?
LAAALÜÜÜ
**Hinterher!** Er darf uns nicht entkommen!

Zeitgleich anderswo...
Soderlein, so viel dazu! Nun muss ich nur noch warten...
ALARM
KABRAKK
...und da sind sie schon, pünktlicher, als die Polizei erlaubt! Na kommt, fangt mich doch!
Die Szene wiederholt sich...
MÖÖÖÖÖÖÖP
Na, schon erschöpft, Kommissar?
Dabei kommt der Abend doch erst in Schwung!!
Kommissar Hunter? Wir sind im Erlenweg hinter Kater Karlo her.
Chef? Wir verfolgen Kater Karlo in der Ahornallee.
Bitte?

Was redet ihr da alle für Unfug? **Ich** verfolge Karlo gerade selber, und zwar ganz woanders!
Ähm... leider nicht mehr, Herr Kommissar. Er hat uns abgehängt.
**Schnaub!** Also gut, dann verstärken wir die Kollegen.
Wenig später...
Ah, schön! Da ist ja Hunter persönlich.
Wo Sie doch so müde sind, Kommissar, was halten Sie von...

...einem Schocktherapie-Weckerli?
KATAKRACH
Alles okay mit Ihnen?
G-glaub schon.
Schnell, steigen Sie bei uns mit ein! Vielleicht kriegen wir ihn doch noch.
Leider...
Karlo bricht bei Juwelier Jublgrais ein!
Karlo macht sich an einem Lagerhaus im Hafen zu schaffen!
Sagt mal, wie viele Karlos sind das denn heute?

Also, der direkt vor uns ist schon mal nur einer, Chef.
Und ich fresse meine Dienstmarke, wenn wir nicht wenigstens den kriegen! **Los!**
Schön aufholen lassen – dann geht der Spaß weiter.
Wir sind neben ihm! Abdrängen!
KRÄÄÄSCH
SKRIIIETSCH

Ihr habt mich nicht. Bin noch auf freiem Fuß!
Tja... aber mit den Händen sieht's schon anders aus...
**Huch!**
Kommissar Hunter? Wir haben Meldungen über vier weitere Karlos... oder, äh... jedenfalls vier andere von seiner Bande, die aktuell kriminell aktiv sind.
BUS
P
Die sind offenbar alle als Karlo maskiert und haben diverse Alarme ausgelöst... aber nichts gestohlen.
Darf man erfahren, was dieses Kasperletheater soll?
Ich wollte Ihre Erschöpfung ausnutzen und weiter verstärken.
Erschöpfung? **Ich?**

Ich habe gehört, wie Sie sich bei Issel ausgeheult haben...
...und dachte mir, ich erleichtere Ihnen mit einem extrastressigen Abendprogramm den Abschied.
BUS
Wir haben angenommen, das gibt Ihnen bestimmt den Rest, fünf Karlos gleichzeitig zu verfolgen.
**Haha!** Worüber ich mich beklagt hatte, war, immer nur am Schreibtisch sitzen zu müssen.
Ich brauchte dringend mal wieder etwas Action, einen Einsatz im Feld. Und den habt ihr mir nun ja spektakulär verschafft. Ich bin hellwach und topfit.
Menno!
BUS
ENDE

**Daniele Bernardini** (Story), **Paolo Ongaro** (Zeichnungen)

Fahren Sie Ihre Schrottmühle da weg! Der Parkplatz ist für Besucher des Bürgermeisters reserviert!
Eben! Zum Bürgermeister will ich! Er hat mich zu einer wichtigen Unterredung gebeten!
So? Will er Sie aus der Stadt verbannen?
Pah! Eher versetzt er Sie in den Ruhestand!
Dann würde ich ihn doch einfach mal selber fragen!
Wenig später…
Schön, dass Sie gekommen sind! Entenhausen braucht Ihre Hilfe!
!
Wie?
BÜRGERMEISTER
Seit Jahren müssen unsere Verkehrspolizisten mitten im dicksten Smog den Verkehr regeln! Jetzt haben sie die Nase voll!
TÜÜT
Hust! Hust!
TÜÜT
WRUMM
ROAR
Heute Morgen hat unsere beste Kraft, Wachtmeister Hartlaub, den Dienst auf der Straße verweigert!
Mir reicht's!
Und nun droht die gesamte Polizei mit einem Streik!

„Das würde den Straßenverkehr in Entenhausen endgültig zum Erliegen bringen…“
TRÖÖT
TÜÜT
TÜÜT
BROMM
BROMM
„…und die kriminellen Elemente unserer Stadt könnten ungehindert ihrem verbrecherischem Handwerk nachgehen!“
Räuber!
Hilfe!
Diebe!
In Kürze würde Entenhausen im Chaos versinken!
O nein!
Huch!
BUMM
Zum Glück konnten meine Experten hierzu eine ausgezeichnete Idee beisteuern.
Nur einer kann dem Smog und der übermäßigen Beanspruchung trotzen: ein Roboter-Polizist! Und Sie werden diesen Roboter bauen, meine Herren!
?
!
P

Verstehe ich Sie recht? Diese neureiche Unperson hier und ich sollen unabhängig voneinander einen Roboter bauen?
Genau! Aber nur einer wird der Polizist der Zukunft sein!
Wir Experten werden darüber urteilen, welcher der Roboter am geeignetsten ist!
Das Siegermodell wird in Serie hergestellt. Vorausgesetzt, Sie stimmen unseren Bedingungen zu!
TALER
Huch!
RING RING RING
Taler! Taler!
RING RING RING
Ich glaube, Ihr Angebot ist angenommen worden!

Es folgt eine Zeit fieberhafter Aktivitäten…
BONK
BONK
RATTER
GEHEIM!
VERBOTEN!
SCHRILL
Sofort kommen!
Chrrr… **aaah!**
Wo brennt's denn?
Was will er von dir?
Ich habe nicht gewagt, ihn zu fragen.
DD
WRUMM
Was ist passiert, Onkel Dagobert?
Es ist vollbracht! Du darfst mir gratulieren, Neffe!
Gratulieren? Wozu? Jetzt sag endlich, was los ist!
Mäßige deinen Ton! Du hast gleich die große Ehre, das achte Weltwunder bewundern zu dürfen!

Reibt euch die Augen und staunt: **Roboduck**, der Polizist der Zukunft!
Oooh!
Sagenhaft!
NICHT STÜRZEN!
Irgendwie sieht dir dieser Roboter ähnlich.
Selbstredend!
Erklären Sie es ihm bitte, Herr Ingenieur!
Der Herr Direktor hat für den Roboter Modell gestanden, müssen Sie wissen.
NICHT
Es ging gar nicht anders! Wer, wenn nicht ich, ist am besten geeignet, einem Superhirn wie Roboduck sein Aussehen zu leihen?
Pah!
Deswegen hat dieser Roboter auch eine ganz hervorragende Spürnase.
SCHNÜFF SCHNÜFF

Und weil er auf finanzielle Angelegenheiten überaus sensibel reagiert, wird er alles tun, um Börsen und Brieftaschen der Leute zu schützen!
Rechnen kann dieser Roboter außerdem wie der Blitz! Roboduck, sag mir bitte, was ist die Quadratwurzel aus einer Skrillion?
Biep!
*Zu Befehl! Genau eine Quasilliarde Megalionen!*
Biep!
Hehehe!
Sieh da! Er hat seine ganze Familie zusammengetrommelt!
Aber im Vergleich zu meinem Klevercop ist sein Roboduck nur ein verbeulter Blecheimer!
Sein Gehirn ist die genaue Kopie der grauen Zellen von Wachtmeister Hartlaub, dem besten Polizisten von Entenhausen!

Und seine investigativen Schaltkreise sind so rund, dass er gleichzeitig einen Trickdieb festnehmen und dem Opfer einen Tee kochen kann.
Hehehe! Wenn der aufkreuzt, kriegen die Ganoven eine Gänsehaut! Ich habe so gut wie gewonnen!
Am nächsten Morgen…
Gääähn…
Heute will Klaas Klever seinen Roboter dem Bürgermeister vorführen!
Und das heißt?
Du wirst zu dieser Vorstellung gehen und mir über alles berichten! Das ist genau die richtige Aufgabe für einen jungen, kräftigen Burschen wie dich!
Der junge Bursche wäre um einiges kräftiger, wenn seine Mühen mit einem Taler pro Stunde honoriert würden!
Pah! Das würdest du nicht mal kriegen, wenn ich dich Geldsäcke schleppen ließe! Zehn Kreuzer sind das Äußerste!

Ich verlange fünfzig!
Ausgeschlossen! Du kriegst zwanzig!
Also gut! Dreißig! Dafür lieferst du mir deinen Bericht schriftlich ab! Papier und Bleistift gehen auf deine Rechnung!
Wenig später…
Da sind sie! Jetzt heißt es aufgepasst!
Das also ist Ihr Superpolizist, Herr Klever. Verstehen wir Sie recht?
TOCK
TOCK
Genau! Aber er ist mehr als nur ein Polizist!
Wenn es erforderlich ist, kann er auch ein Feuer löschen. Klevercop, Wasser marsch!
Bipp! Bopp!
SPRITZ
UA-BLUBB
SPLATSCH

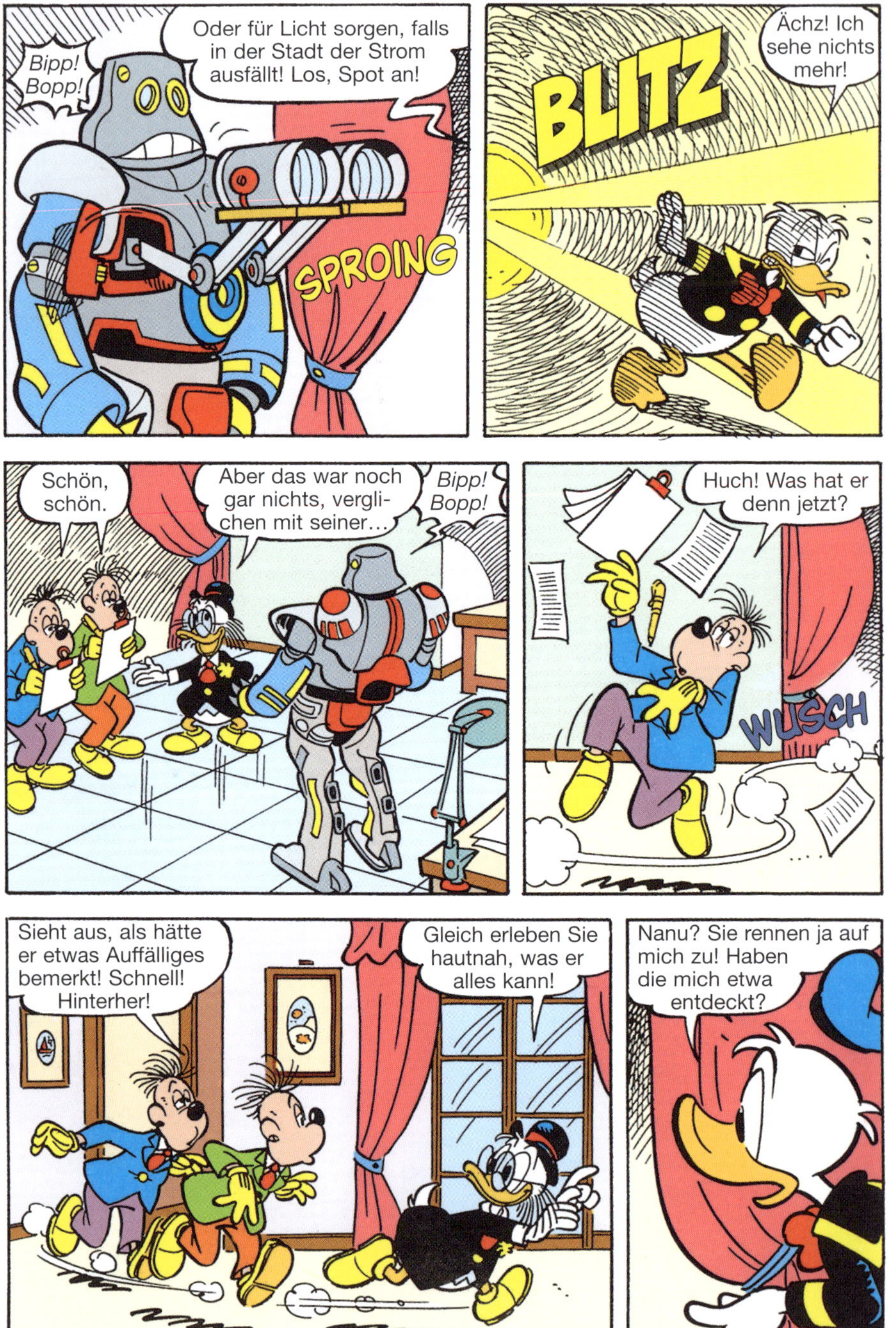
Bipp! Bopp!
Oder für Licht sorgen, falls in der Stadt der Strom ausfällt! Los, Spot an!
SPROING
BLITZ
Ächz! Ich sehe nichts mehr!
Schön, schön.
Aber das war noch gar nichts, vergli-chen mit seiner…
Bipp! Bopp!
Huch! Was hat er denn jetzt?
WUSCH
Sieht aus, als hätte er etwas Auffälliges bemerkt! Schnell! Hinterher!
Gleich erleben Sie hautnah, was er alles kann!
Nanu? Sie rennen ja auf mich zu! Haben die mich etwa entdeckt?

Autsch! He! Hilfe!
ZISCH
BAMM
BAMM
Zu Hilfe! Überfall! Meine Birnen! Er hat meine Birnen gestohlen!
WUSCH
Halt! Ich erkläre Sie hiermit für verhaftet!
Huch!
ZACK
Einfach fabelhaft! Wer sind Sie denn?
Ich heiße Klevercop! Bitte, Ihre Birnen!

Ächz! Ich hoffe nur, dass der Roboter, den Onkel Dagobert baut, das auch alles kann.
Unterdessen…
Weg hier!
Hat doch prima geklappt!
BANK
WUIIIII
**Halt!** *Ergeben Sie sich! Sie haben keine Chance!*
**Aaah!** Was ist das?
D-die Marsmenschen sind gelandet!
BREMS
**Keuch! Schnauf!** Nun reicht es aber! Wenn ich das gewusst hätte, hätte ich ein Fahrrad mitgenommen!
**Halt!**
Ich denke nicht daran!
Los! Motor an!

Sehen Sie! Er fängt das Auto mit seinem unzerreißbaren Titaniumnetz!
ZAPP
Au Backe!
Kompliment, Herr Klever! Das war eine eindrucksvolle Demonstration!
Haben Sie daran gezweifelt?
Bravo!
Super!
Ächz! Nicht mal mehr in Ruhe arbeiten kann man!
KLATSCH KLATSCH
Den ganzen Tag über macht Klevercop Jagd auf Gangster…
Gib auf, Schurke!
GRAPSCH
…und vieles mehr!
Danke, Klevercop!

Am Ende dieses aufregenden Tages sind die Taten des unfehlbaren Klevercop bereits in ganz Entenhausen bekannt. Überall staunt man über den fleißigen Roboter…

In dieser Nacht wird hart gearbeitet…
Wir wollen schlafen!
Ruhe!
Wirst du wohl aufwachen! Hier wird Geschichte geschrieben und du verschläfst mal wieder alles!
TOCK
Zzz… was denn? Ich denke, dein Roboduck kümmert sich um alles!
Apropos… Wozu soll es eigentlich gut sein, dass er den Wagen fährt?
Das ist Teil des Tests! Wir wollen herausfinden, ob er einen Gangster verfolgen kann!
He!
Huch!
Hilfe!
WROOARR
QUIIIETSCH
Äh… geht's vielleicht auch etwas langsamer?
BIEP
BIEP
Kreisch!
Rüpel!
WROOOAR
KREISCH
Rowdy!

WELIER
Hilfe! Überfall! Meine Juwelen!
Hehehe!
Halt! Biep!
Hilfe! Wir fliegen!
WROPP
Mein Laden! Ich bin ruiniert!
Hab ich dich, du Gauner!
Biep!
Hu-huch!
KRACKS
Und so…
9000… seufz! 10.000… schluhuchz!
Immer dieselbe Leier!
BIEP
BIEP
ZIPP
W-was hat er denn jetzt ge-wittert?

Schnell ihm nach, Donald!
So warte doch!
Man hat mir den Fernseher gestohlen!
Nur die Ruhe! Den Räuber kriegen wir schon!
Auuuaaaa!
Halt, du Schurke!
Biep!
O nein!
STAMPF
ZACK
KRACKS
BUM
Oje! Genauso unbeherrscht wie ich, wenn ich die Panzerknacker auf frischer Tat ertappe!
Ungeheuerlich!
KRACKS
SCHEPPER
Bitte sehr, mein Herr!
Biep!
**Argh!** Mein Fernseher! Der ist noch nicht einmal voll bezahlt!

Ihr Roboter scheint aber nicht sehr zimperlich zu sein.
Wo denken Sie hin! In Wahrheit ist mein Roboduck die Feinfühligkeit in Person!
Gleich wird er der Dame dort ganz behutsam beim Überqueren der Straße helfen!
*Los! Mitkommen!*
*Biep!*
**He!** Lassen Sie mich runter! **Aaah!**
SCHWUPP
*Schöner Tag, nicht?*
*Biep!*
**Hilfe!** Ein Kidnapper!
Huch!
STOMPF
TÜÜT TÜÜT
Was fällt dir ein? Ich habe doch nur auf den Bus gewartet!
*Sehr liebenswürdig! Danke! Biep!*
PAM- PATA- PAMM
Schreiben Sie, los!
Ich schreibe ja!
**Haha!** Der ist die Wucht in Dosen!
Der geborene Komiker!

Bis jetzt fällt unser Urteil über Ihren Roboduck nicht gerade schmeichelhaft aus!
Aber… äh…
Uns fehlt ein Räuber, der sich auch festnehmen lässt, glaube ich.
Ausgezeichnet, mein lieber Neffe! Ich sehe ihn sogar schon vor mir!
Wie? Wen meinst du denn?
Ich meine, du könntest doch vielleicht… flüster… in meine Bank und… pssst… natürlich verkleidet…
**Was? Niemals! Ohne mich!** Nicht mal für eine Million Taler!
Daher, wenig später…
Für hundert Taler! Worauf habe ich mich da nur eingelassen?
VERSICHERUN
Onkel Dagobert hat gesagt, dass die Wächter Bescheid wissen. Das will ich hoffen…
DD BANK

**Hände hoch!** Dies ist ein Überf…
…aaah! Gargel!
BIEP BIEP
KLIRR
Oooh!
Sehr eindrucksvoll! Das kommt an!
Hehe!
Fantastisch!
KLATSCH
Einfach sagenhaft!
KLATSCH
*Aaah, Taler! Mjam!*
BIEP BIEP
**Halt!** Wohin willst du?
**Ächz!**
ZISCH
Nun machen Sie schon! Holen Sie ihn von meinem Gold runter!
Uns reicht's jetzt, Herr Duck!
Wir haben genug gesehen!
*Biep! Biep!*

Stunden später…
**O Jammer!** Ich habe elend versagt!
BONG BONG
Vorsicht! Du wirst ihm sonst noch das Gehäuse demolieren!
Und morgen findet die Preisverleihung für Klaas Klevers Schrottmonster statt! Eine Katastrophe!
Grummel! Wem sagst du das!
Am folgenden Tag…
Liebe Mitbürgerinnen und Mitbürger! Von heute an herrschen wieder Recht und Ordnung in unserem geliebten Entenausen!
KLATSCH KLATSCH
KLATSCH KLATSCH

Das alles verdanken wir Klevercop, einem außergewöhnlichen Roboter! Er wird unsere verdiente Polizei bei allen gefährlichen Aufgaben unterstützen!
Bipp! Bopp!
Toll!
Bravo!
Wunderbar!
KLATSCH
KLATSCH KLATSCH
Na, Duck, wie fühlt man sich so als Verlierer? Wo ist denn Ihr Blecheimer?
Schweigen Sie oder…
Hiermit ernenne ich Sie zum idealen Polizisten!
Bipp! Vielen Dank!
Gleichzeitig möchte ich Wachtmeister Hartlaub, der für den Roboter Modell gestanden hat, eine weitere Medaille anheften!
Hehehe!
Na also! Ich sagte doch, dieser Roboter erinnert mich an jemanden!

Lieber Hartlaub, wie viele Auszeichnungen haben Sie denn?
Äh… ich…
Nun? Wie viele, Hartlaub?
Hm… da muss ich überlegen…
Hüstel… verzeihen Sie…
Ja? Was gibt's denn?
Wachtmeister Hartlaub hat eine einzige Schwachstelle! Er kann nicht rechnen!
Seufz.
Wie? Aber Herr Klever, heißt das etwa, dass auch Ihr Klevercop…
Was weiß ich denn? Ich habe ihn noch nie das Einmaleins abgefragt!
Das holen wir sofort nach! Wie viel ist eins plus eins?
Bipp?
Hast du nicht verstanden, Klevercop? Antworte!
Hehe! Irgendwas nicht in Ordnung?

Eins plus eins ist?
Schnell! Die Lösung!
*Bipp! Bi-bopp!*
TICKE-TICK
TICK
*Bipp! Sie stehen im Halteverbot! Bi-bopp!*
**Was?**
RATTER
TICKEL
ZIPP
Streng dich an, Klever-cop! Los doch!
*Halt! Hände hoch!*
R TTEL
SCH TTEL
RATTER
Soll das ein Scherz sein?
Nein, eine Störung!
Pah! Ich habe genug!
RASSEL
KNIRSCH
PAFF
POFF
***Alarm!** Bipp! Bipp! **Hilfe!** Bopp! **Feurio!***
KLING KLING
Nanu? Was macht er?

Nein! Nicht das Wasser!
RASSEL
KNARZ
WUSSCH
Urps!
Igitt!
ZAPP
WUMM
Oje! Was hat er denn?
So ein Reinfall! Das war auch zu schön, um wahr zu sein!
Grmpf!
PATSCH
Wir sind erledigt! Wenn wir keine Unterstützung bekommen, gibt es Streik!

Und Sie sind schuld!
Seufz! Erbarmen!
Wenn Sie gestatten! Ich hätte da eine Idee, wie man das Problem lösen könnte!
So? Und die wäre?
Man müsste die Fehlerchen meines Roboduck durch Einsetzen der Steuerungseinheit von Kleverduck aufbessern!
Dann könnte die Stadt meinen Roboter in Serie geben!
Da habe ich eine bessere Idee!
Wenn man schon aus den beiden Robotern einen macht, dann sollte man das auch richtig machen!
PATSCH

Hm… Wenn man vielleicht die Tangente des Brustkastens von Klevercop mit der Schuhgröße von Roboduck multipliziert und anschließend…
Das könnte funktionieren!
Also, dann frisch ans Werk! Aber wenn es wieder Fehler gibt, dann…
Knurr!
Hehehe!
Und so wird der neue Roboter geplant und schließlich auch gebaut…
Alle können zufrieden sein, als er endlich seinen Dienst antritt…
Tja!
Hehe! Das nenne ich Fortschritt!
Schön, schön!
Prima!
Hervorragend!
Hehe!
Hehe!
Manche freut es weniger…
BITZLDUCK

Doch eines Morgens…
TÜTÜÜT
HUP
Sie sind schuld!
Ha! Im Gegenteil!
Was ist denn da draußen los?
**O nein!** Der Verkehr ist zusammengebrochen!
Die Roboter streiten sich, statt zu arbeiten!
RATHAUS
TÜÜT
Du Null!
Versager!
Eine Schande!
TRÖÖT
Überall dasselbe Bild…
Nichtsnutz!
Pah!
Verzeihen Sie…
TIPP TIPP
Unterbrechen Sie uns nicht! Sonst lasse ich Sie wegen öffentlicher Ruhestörung festnehmen!
Puh!
Hihi!

**Ich** werde ihn verhaften!
Nein! **Ich** werde ihn verhaften!
Ich rufe den Bürgermeister an!
Aber der ist schon auf dem Laufenden…
Bewahren Sie Ruhe!
Ich kümmere mich sofort darum!
Keuch!
Alle Roboter in der Stadt spielen verrückt! Wie ist das nur möglich?
Wir haben die Lage analysiert, Herr Bürgermeister…
…und den Fehler gefunden!
In den Robotern stecken Reste der Programmierung ihrer Erbauer, also von den Herren Duck und Klever.
Und diese Reste sind scheinbar nicht kompatibel!
Deswegen geraten die Roboter miteinander in Streit, und die Stadt versinkt im Chaos!
Das ist doch die Höhe! **Grrr!**

Jetzt reicht es! Das lasse ich nicht mit mir machen! Die schnappe ich mir!
Doch unterdessen…
Das kommt davon, wenn man ein Prunkstück wie Roboduck mit einem Blechhaufen wie Klevercop kombiniert!
Grmbl!
Blechhaufen? Wenn Ihr komischer Mülleimer… Oh! Sehen Sie mal da!
Was?
Groaaarrr!
Nichts…
…wie weg!
Schnauf! Japs! Wohin jetzt?
KRAWALL-GASSE
Keuch! Am besten immer geradeaus! Hoffen wir, dass er eher schlappmacht als wir!
Ich zeige Ihnen, wie man aus zwei Versagern einen macht!
ENDE

# Der Kommissar und sein Helfer

Created 1983

**Arthur Faria Jr.** (Story), **Euclides K. Miyaura** (Zeichnungen)

Wenn das so weitergeht, roste ich noch ein.
FLAPP FLAPP
UIUIUI
Aha! Aber diese beiden zwielichtigen Gestalten sind hinreichend verdächtig!
Deine Schuhe quietschen. Unauffällig ist anders!
JUWELIER JAUCHGRUBER
QUIETSCH QUIETSCH QUIETSCH
Eindeutig Diebe! Das erkennt man als Fachmann daran, dass sie etwas klauen.
Soll ich auch gleich die Verlobungsringe für uns aussuchen?
Die Ganoven setze ich außer Gefecht, bevor sie noch „he?“ sagen können!
JUWELIER JAUCHGRUBER
Eins... zwei... und...
JUWELIER JAUCHGRUBER
FUSSEL
He? Was hat da „bump“ gemacht?
Meine Schuhe nicht! Das sind jetzt Handschuhe!
BUMP

Hm. Nichts zu sehen da draußen. Seltsam.
Ächz! Warum leisten sich die Leute Panzerglas, wenn das billige Türschloss jeder Anfänger auffieseln kann?
Aber so leicht gibt sich Flederduck nicht geschlagen. Nein, der schlägt selbst, und zwar hammerhart! Scherz.
Egal! Mach weiter! Wir dürfen keine Zeit verlieren!
WUUSCH
TUMP
KLOPS
Dieses Mal hat es „tump“ gemacht und nicht „bump“. Das ist komisch!
Nein, kein bisschen. Ächz!
Aber ich komme da rein. Und ich weiß auch schon, wie!
BAU-ARBEITEN
Fertig! Hauen wir ab!
Uaaah!
VRRROOMM
KRACKS

**Keine Bewegung!** Flucht ist zwecklos, da hilft auch kein Davonlaufen!
VRROOM
VRROOMM
?
?
?

Wer bist denn du?
Der Retter von Recht und Gerechtigkeit! Mein Name ist Flederduck!

Flederduck? **Wooohahaha!**
**Hihi! Hoho!**
Das machen sie alle, wenn sie meinen Namen hören. Ein wenig irritiert mich das schon, das gebe ich gerne zu.

Ich liefere sie besser ab, bevor mir noch Selbstzweifel kommen.
FLAPP FLAPP
HAHAHA HOHOHO
HEHE
HIHI
Daher...
Warum lachen die so lauthals?
Dahinter steckt was Psülogisches, oder wie das heißt.
HOHOHO
HEHE
HAHAHA
Das ist eine Art Schutzgackern! In Wirklichkeit hat Flederduck sie in Angst und Schrecken versetzt.
Hahaha! Hoho!
Ich glaube, dieses Thema überfordert mich heute, das vertagen wir. Was anderes... Wir haben Fortbildungskurse für unsere Polizeibeamten organisiert und...
...und Sie brauchen noch jemanden, der die Übungen anleitet!
Nein. Wir brauchen jemanden, der bei den Kursen hilfreich zur Seite steht, verstehst du, Flederduck?
?
Aber klar doch! Meine Ratschläge werden Gold wert sein, jawohl!
Er hat es nicht kapiert.

Ich gehe davon aus, dass du über gewisse Grundkenntnisse in der Kunst der Selbstverteidigung verfügst, nicht wahr?
Na, aber hallo auch.
Männer, für diese Übung muss sich einer von euch freiwillig melden!
Ich!
Gib auf dich acht, Flederduck! Er ist unser bester Nahkampf-trainer!
Aber seid gewarnt! Was ihr gleich sehen werdet, bereitet sogar dem Schmerzen, der nur zuschaut!
Jetzt übertreibt er aber.
Du wirst es erfahren, wenn du mich angreifst. Nun mach schon, ich warte!
Angreifen? Na schön, wenn Sie darauf bestehen.
Armer Flederduck! Ich mag das Gemetzel nicht mit ansehen müssen!
PFUMP

Das wäre erledigt.
**Was?**
**Flederduck!** Du kannst den Mann doch nicht mit einem Baseball-schläger erlegen!
Doch, war ganz einfach. Angreifen, hat er gesagt, und das habe ich getan.
**Und wer, bitte, soll jetzt meine Beamten ausbilden?**
Ich!
Muss das sein?
Aber ja! Sie wollen doch, dass Ihre besten Leute den besten Unterricht bekommen, den sie kriegen können.
Und was Flederduck zu bieten hat, ist selbst unter dem Besten noch das Bessere!
Nehmt mich mit! Ich habe auch ein wenig Zuwendung nötig.

Irgendwelche Wünsche?
Ja! Könntest du uns vielleicht ein paar Judogriffe beibringen?
Nichts leichter als das! Tritt näher, mein Freund!
Wenn du meinst.
Das Ziel dieser Art der Selbstverteidigung ist es, die Kraft des Angreifers gegen ihn selbst zu wenden! **Schnauf! Ächz!**
?
PLOTZ
Hoppla! Ich habe das Gleichgewicht verloren!
Alles paletti?
Das wäre zu platt gesagt.
In der Zwischenzeit...
Sie sind überlastet, Kommissar!
Zeigen Sie mir denjenigen, der das nicht wäre mit Flederduck.

Da ist er!
Alles in Ordnung, Herr Kommissar!
Wenig später...
Ich muss wieder los! Meine Schüler erwarten mich!
Na, na, Kommissar! Immer mit der Ruhe!
Buhuuu!
An die Arbeit! Ich zeige euch ein paar von meinen selbst erfundenen Kampfgriffen!
PATSCH PATSCH
Z
Gähn!
Und Sie dürfen dabei den Freiwilligen spielen!
Ich?
Ja, Sie! Sie sind der Kleinste, da mache ich im Zweifelsfall nicht so viel kaputt.
Das wird ein Massaker.
Bereit?
Und los!

Hiaaaa!
DOTZ
Ahiiii!
Haiiiii!
Siehst du, was habe ich gesagt?
Iaaaah!
PLOTZ
Wie fühlst du dich?
Reif für den Feierabend. Wir machen für heute Schluss.
Später...
Ich habe schlechte Nachrichten für Sie, Kommissar!
Das bin ich gewohnt. Was ist es?
Ich werde Ihre Beamten nicht länger ausbilden! Die sind auch so schon zu allem fähig!
Ich fasse es nicht!
Juchhuuu! Hurra!
Ich glaube, der Herr Kommissar ist überlastet.
Ich muss ihm helfen!
ENDE

# Polizisten für einen Tag

Created 1986

**Bruno Concina** (Story), **Tiberio Colantuoni** & **Maria Luisa Uggetti** (Zeichnungen)

Tragen Sie Ihre Marke mit Würde, Wachtmeister Maus!
Danke, Herr Bürgermeister, werde ich.
Und für Sie, Goofy, gilt Selbiges, hier ist Ihre Marke... **ups!**
**Autsch!** Na, macht nichts. Danke auch!
KLATSCH KLATSCH KLATSCH
KLATSCH
KLATSCH
Wachtmeister Maus, hier ist die Liste mit Ihren Tagesaufgaben.
Danke, Herr Kommissar!
Und das sind die Motorräder, mit denen Sie heute Streife fahren werden.
Hjuck! Sogar mit Funk und allem!
Ein Traum!
TAG DER POLIZEI
POLIZEI
POLIZEI

BRRÖÖAARR
POLIZEI
POLIZEI
Wir wünschen Ihnen einen erfolgreichen Polizei-Tag!
Jawohl, machen Sie es gut!
Was haben wir denn so an Aufträgen, Wachtmeister Micky?
Erst mal sollen wir den Verkehr auf dem Arbeitsweg regeln, Wachtmeister Goofy.
BROOMM
BROOMM
Arbeitsweg? Und auch noch im Berufsverkehr? Knifflige Aufgabe!
Du wirst sehen, wir zwei kriegen das hin, Kollege.
POLIZEI
POLIZEI
Also dann, an die Arbeit...
TRILLER

LADEN
Oh, das sind Micky und Goofy!
KAUFH US
SCHUHE
PFIIIEET
Hallo, Minnie!
Grüß dich! Steht dir ganz hervorragend, die Uniform.
ANHALT
Richtig, Ihr seid ja für heute Polizisten, große Ehre! Ihr seid die ersten Ehrenpolizisten überhaupt, oder?
Glaub schon. Hmm...
114
Ich kann dir gar nicht sagen, wie stolz ich auf dich bin!
Äh, danke, Minnie. Aber...
...jetzt müsste ich bitte mal Führerschein und Fahrzeugpapiere sehen.
Was?

Du kontrollierst meinen Führerschein? Ist das dein Ernst?
Absolut, Minnie.
Außerdem funktioniert eins deiner Bremslichter nicht.
Ich weiß, ich muss die Birne auswechseln lassen. Aber...
114
...du wirst mich doch nicht deswegen...
Die Straßenverkehrsordnung kennt leider weder Freundschaft noch Ausnahmen.
Kontrolle folgt...
Bestens! Alles in Ordnung.
Danke auch, Herr Wachtmeister! Darf ich dann weiter?
Natürlich! Sowie ich das Strafzettelchen fertig geschrieben habe, Minnie.
Ein Knöllchen?
KRITZEL
SCHREIB

Ja, für das Bremslicht. Sorry, das ist meine Pflicht!
Pfah! Adieu, Herr Maus!
HUP HUUUP
MÖÖÖP
Warum geht's nicht weiter?
Grüner wird's nicht!
Hier braucht man echt Geduld.
PÖÖÖT
HUUP
Mein Kollege Maus kontrolliert gerade ein Fahrzeug.
Micky Maus?
Der ist berühmt, Mama!
Ich weiß, Lieschen.
Micky Maus regelt den Verkehr?
Ja, da, als Polizist verkleidet!
Komm, wir bitten ihn um ein Autogramm.
Ich hätte auch gern eins!
Ich zwei, und eins für meine Nichte!
KLACK
321
Leider...
Tut mir leid, kann ich nicht machen, bin ja im Dienst.
Oooch!

Aber natürlich enttäusche ich ungern Fans, vor allem Kinder. Wenn mir nur etwas einfiele...
...wie ich trotzdem...
Knöllchen!
Für Verkehrsvergehen!
Die müssten Sie unterschreiben, oder?
In der Tat...
Vorsätzliches Rumstehen! Namen und Adresse bitte.
Gern, Herr Wachtmeister!
He, ich parke hier gerade mitten auf der Straße!
Bei mir zicken die Bremsen!
Bitte sehr, schönen Tag! Nächster!
Hach, vielen Dank! Den Strafzettel rahmen wir uns ein.
MAUS
52 Knöllchen später...
Sorry, aber mein Block ist leer. Alle, alle!
Ich gebe Ihnen meine Daten, schicken Sie es mir einfach nach Hause, okay?

Na toll, statt den Verkehr am Fließen zu halten, haben wir einen Stau verursacht.
Ach, der löst sich gleich wieder auf, Goofy. Wir müssen ohnehin weiter.
VRRR
WRRRR
P-1
Zweiter Auftrag: Streife fahren in der Ulmenallee!
Hjuck! Super!
Das ist am Stadtrand, ganz ruhiges Viertel, kaum was los.
WROMM
POLIZEI
POLIZEI
BRÖÖAR
Und tatsächlich...
Aaah, schon besser! Selbst wir knallharten Straßencops brauchen auch mal ein Momentchen Erholung.
Wir haben doch gerade erst angefangen, Goofy.
Oh, oh!
MARKT
POLIZEI
POLIZEI

Brauchen Sie Hilfe, Gnädigste?
Könnte sein, junger Mann. Ich würde gern im Markt dort drüben einkaufen.
DRÖÖHN
761
Wenn ich Ihnen meinen Arm anbieten darf...
Na, Sie sind ja mal ein Gentleman!
Sagen Sie... kenne ich Sie nicht von irgendwoher?
Das glaube ich kaum! Ich wohne ganz woanders in der Stadt.
KAUF
ANGEBOT
MARKT
SWOOSSCH
98622
Doch, ich hab's! Sie sind Micky Maus, gelle?
Hm? Ja, stimmt. Aber woher...
SCHNIPP
Ich habe Sie im Fernsehen gesehen. Sie wollte ich schon ewig mal kennenlernen.
Ach was? Freut mich!

Na dann, schönen Tag noch! Ich muss wieder auf Streife.
So eilig?
Warten Sie noch einen Moment!
Ich will doch wieder da rüber.
Äh... und was ist mit Ihren Einkäufen?
MARKT
Die können warten.
Ich plaudere lieber noch ein bisschen mit Ihnen.
Keine Chance...
Wissen Sie, im Fernsehen wirken Sie größer.
Was macht Ihre Minnie?
Haben Sie in letzter Zeit viele spannende Fälle gelöst?
MARKT

Oh, nun möchte ich doch wieder rüber.
Muss einkaufen! Helfen Sie mir bitte?
Gnadenlos!
WROOOMM
Bedaure, aber wir müssen uns gerade um etwas Dringendes kümmern.
Goofy, zack! Wir müssen den Laster da anhalten.
Ich bin stets auf Zack!
WRÖMM
POLIZEI
Hach, toller Tag! Erst lerne ich Micky Maus kennen, nun auch noch eine echte Verfolgungsjagd.
Das glauben mir meine Enkelkinder nie!
UUIIUUII
UUIIUUII
RUMPEL
BRÖÖAARR

Runterbremsen und anhalten!
UUIIUUII
SKRIETSCH
UUIIUUII
POLIZEI
Stimmt was nicht, Wachtm... **eiei!**
**Micky Maus?**
**Kater Karlo?**
Führerschein und Fahrzeugpapiere, bitte!
Was soll denn diese Maskerade?
Ihr zwei seid doch keine... huch!
Sind wir wohl!
Ehrenpolizisten für einen Tag!
DIENST-AUSWEIS
Also gut! Ich beuge mich diesem heimtückischen Übergriff.
Wir vertreten nur Recht und Gesetz, das stört dich?
KLATSCH

Hmm... auf den ersten Blick in Ordnung...
Auf den zweiten auch! Ich bin ein ehrlicher Mann, kapiert?
Kann ich dann weiterfahren?
Nein, eher nicht, denke ich.
Der Laster kommt mir schwer überladen vor.
Das gibt einen Strafzettel wegen Gefährdung des Straßenverkehrs.
KICK
01
Mindestens!
FLAPP
Hui, wertvolle Fracht! Und reichlich!
Tja, morgen hat Trudi Geburtstag, die mag Auswahl und ist anspruchsvoll.
FLOSCH
469

Was tu ich nicht alles für meine Süße!
Ja, bist ein Traumpartner, Karlo!
Darf ich die Frachtpapiere sehen?
Hä? Seit wann kriegt man denn bei Brüchen eine Quittung?
Das Zeug ist alles ehrlich gekl... **auwei!**
Du bist verhaftet!
KLICK
Puh, peinlich! Von den Reifen des eigenen Lasters verraten.
Kommissar Hunter? Kommen!
POL
Schon da...
Ausgezeichnete Arbeit, die Herren Wachtmeister!
Bitte einzurücken!
**Hrmpf!**
Issel, lassen Sie die Fernseher dem rechtmäßigen Besitzer zurückbringen.
Und wir gehen zurück an die Arbeit.
Hehe! Jawoll! Hart, gerecht, unbestechlich!
469

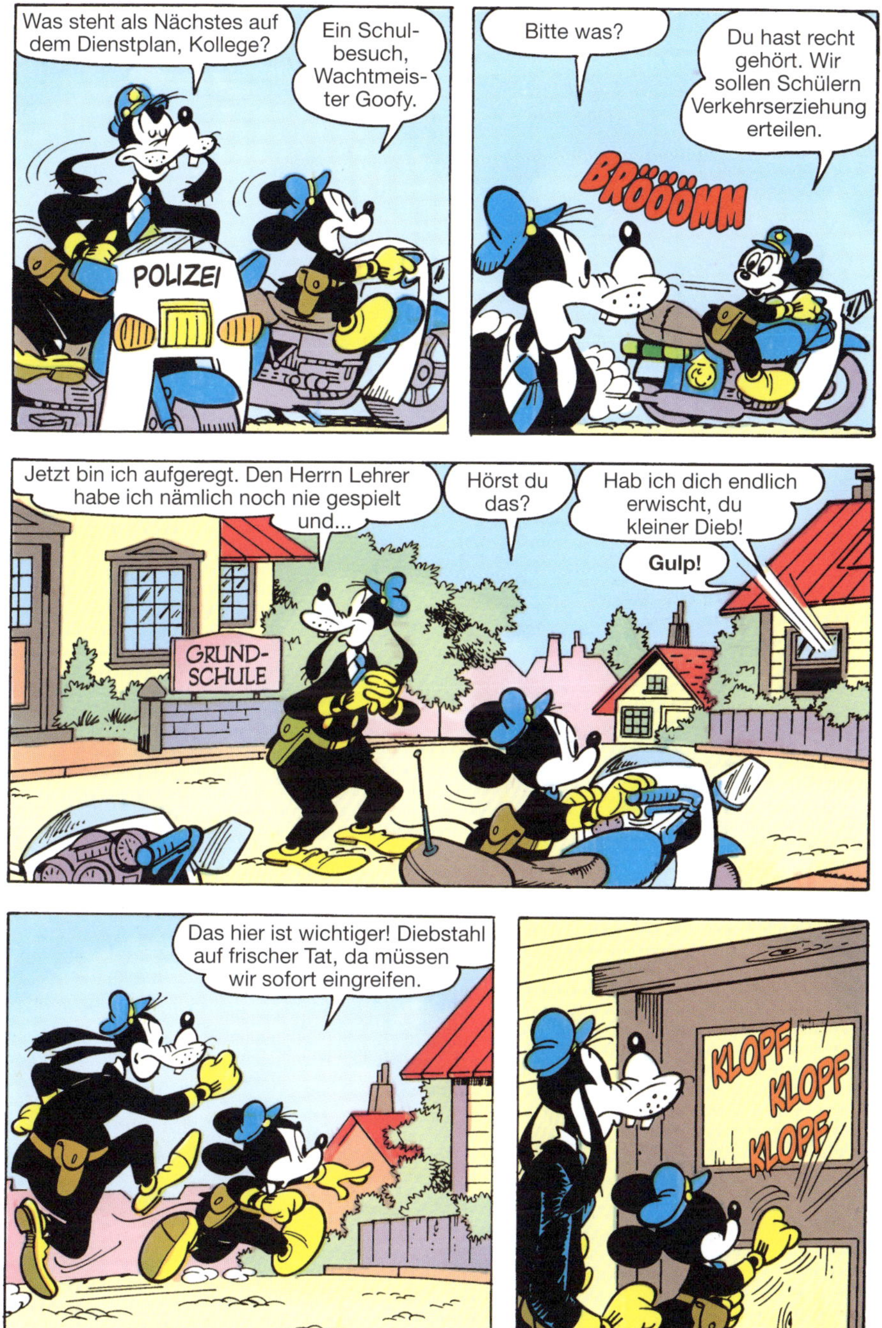

Was steht als Nächstes auf dem Dienstplan, Kollege?
Ein Schulbesuch, Wachtmeister Goofy.
POLIZEI
Bitte was?
Du hast recht gehört. Wir sollen Schülern Verkehrserziehung erteilen.
BRÖÖÖÖMM
Jetzt bin ich aufgeregt. Den Herrn Lehrer habe ich nämlich noch nie gespielt und...
Hörst du das?
Hab ich dich endlich erwischt, du kleiner Dieb!
Gulp!
GRUND-SCHULE
Das hier ist wichtiger! Diebstahl auf frischer Tat, da müssen wir sofort eingreifen.
KLOPF KLOPF KLOPF

Ja, hallo?
Huch!
Nur die Ruhe, Kleiner! Keine Angst, alles ist gut!
Wo ist der Dieb?
Den nehmen wir gleich mit!
Äh... ich hatte mit ihm geredet. Er mopst immer meine Marmelade.
Was?
Und nächstes Mal sperren Sie ihn dafür auf jeden Fall ein, stimmt's?
ZWINKER
Echt jetzt, Mama, weiß doch jeder, dass Kinder nicht eingesperrt werden.

Da haben wir uns diesmal ja schön blamiert, was?
Das passiert, Goofy!
Jetzt aber fix! Wir sind arg spät dran.
GRUND SCHUL
Ein Stündchen später...
Natürlich können wir euch in einer einzigen Stunde nicht alles beibringen, was ihr wissen müsst.
Das war erst mal nur das Allerallerwichtigste...
...wiederholen wir noch einmal! Erstens: Mit dem Fahrrad immer ganz vorsichtig sein!
Zweitens: Straßen möglichst immer nur auf Zebrastreifen überqueren!
SKRIIEK

Drittens: An Ampeln, die Rot zeigen, immer anhalten...
...genau wie an Stopp-schildern!
STOP
Viertens: Immer an den Sicherheits-gurt denken, wenn ihr in ein Auto steigt...
...und auch eure Eltern daran erinnern.
Damit müssen wir es für heute gut sein lassen, die Herren.
DRRRIIINNNG
Guten Heimweg, Kinder! Wir sehen uns morgen.
KLATSCH
KLATSCH
Sie haben das alles prima erklärt. So haben es die Kleinen ganz sicher verstanden und werden sich dran halten.
Na, das freut uns. Machen Sie es gut!
GRUN
SCHU

Der Polizist hat gesagt, man muss immer an den Sicherheitsgurt denken!
Sag ich dir ja auch oft, nicht wahr, Eugen?
Tja...
Darum erinnere ich dich da jetzt auch gleich dran, Papa.
Ich bin halt arg vergesslich, sorry!
257057
Aber ab jetzt versuche ich immer daran zu denken, okay?
Optimal, Papa!
Lektion gelernt!
Ja, Verkehrserziehung ist echt wichtig, was?
Aber hallo! Menno, jetzt regnet's.
PLATSCH
PLITSCH
Tja, da erwartet uns wohl eine außerplanmäßige Dusche.
Muss nicht sein.
POLIZEI
Unser Dienstplan sagt jetzt nämlich: Pause!
Hjuck! Dann nichts wie ab ins Trockene!
BRÖÖMM
POLIZEI
POLIZEI

Wenig später...
Lassen Sie es sich schmecken!
Danke!
**Slurp!** Echt lecker hier! Mampf... mampf...
Oha! Wir werden gerufen. Hunter vermutlich...
BZZZZ
Hier Sonderstreife 01, kommen!
*Hunter hier, Maus! Ich habe ein Privatgespräch für Sie und verbinde.*
BISS
Hallöchen, Micky! Ich wollte mich für heute Morgen entschuldigen.
Ich war echt unfreundlich zu dir...
...du machst ja auch nur deinen Job.
Ich würde dich und Goofy als kleine Entschädigung gern zum Essen einladen, ich koche leckere Sachen.
12

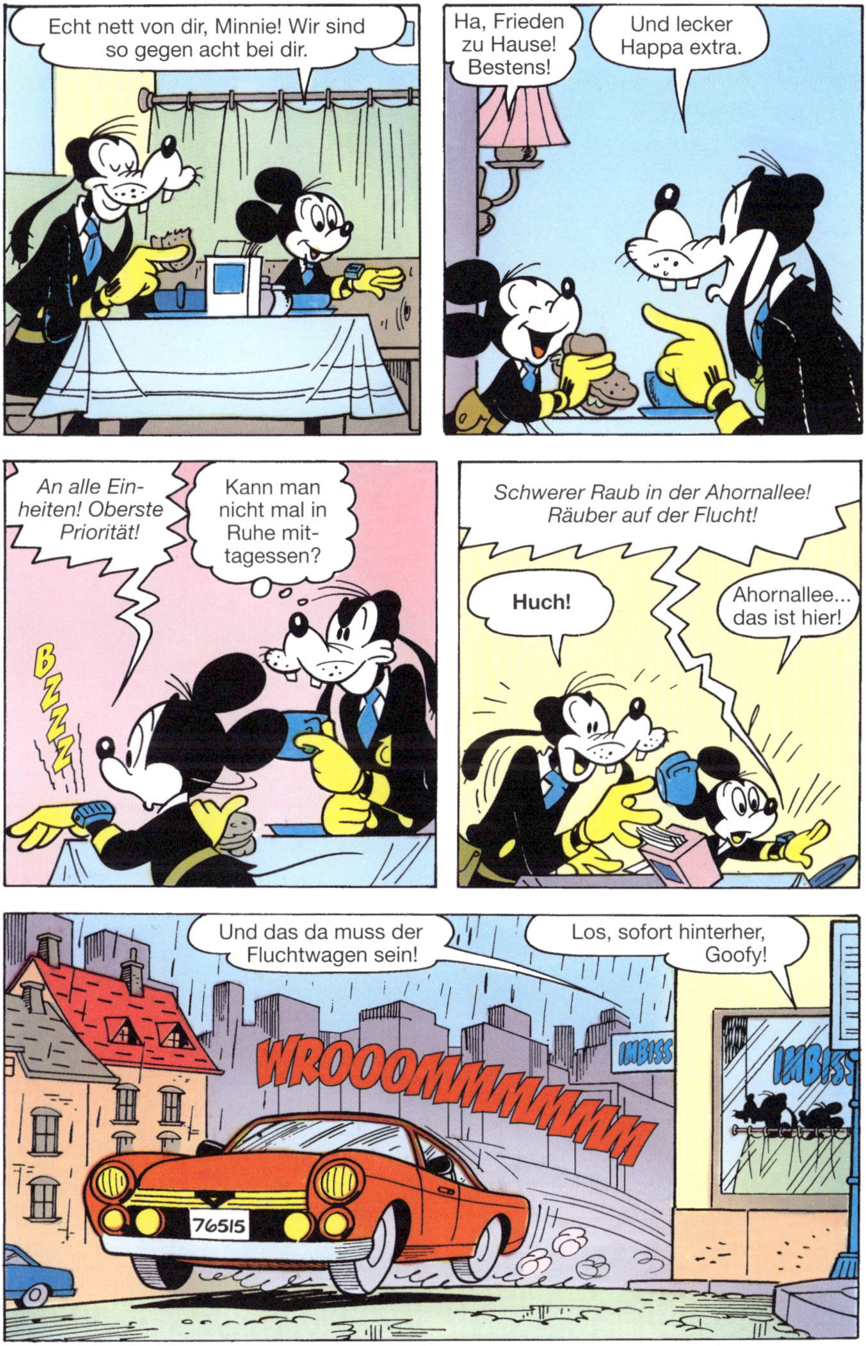
Echt nett von dir, Minnie! Wir sind so gegen acht bei dir.
Ha, Frieden zu Hause! Bestens!
Und lecker Happa extra.
An alle Einheiten! Oberste Priorität!
Kann man nicht mal in Ruhe mittagessen?
BZZZ
Schwerer Raub in der Ahornallee! Räuber auf der Flucht!
Huch!
Ahornallee... das ist hier!
Und das da muss der Fluchtwagen sein!
Los, sofort hinterher, Goofy!
IMBISS
WROOOMMMMMMM
76515

IMBISS
Das Leben als Polizist ist echt aufregend, was?
Wart nur, gleich geht's erst so richtig ab!
WRÖÖÖMMM
POLIZEI
UUIIUUII
SUPERMARKT
WRUUMM
VOLLBREMS
SKRIIIETSCH
GNIIEEK
KREIIIISCH
Verflixt! Ich habe die Polente am Hacken.
UUIIUUII
Hehe! Aber ihr Polypen kriegt mich nicht! Spätestens am Markt hänge ich euch ab.
OBST- UND GEMÜSEMARKT
ABBIEG
WRUUUMM

Die trauen sich doch nie im Leben, mir da rein nachzufahren.
BRÖÖAAR
Weia!
**Vorsicht!**
**Stopp!**
WROOOMM
Gulp!
76515
BRAUUUUS
Wo hat der denn den Führerschein gewonnen?
Keine Ahnung! Aber er ist in der Verlosung für Prügel.
Und jetzt? Ich glaube, da kommen wir nicht durch.
Hast recht! Dort lang, außenrum, schnell!
BREMS
POLIZEI
POLIZEI
KRIETSCH

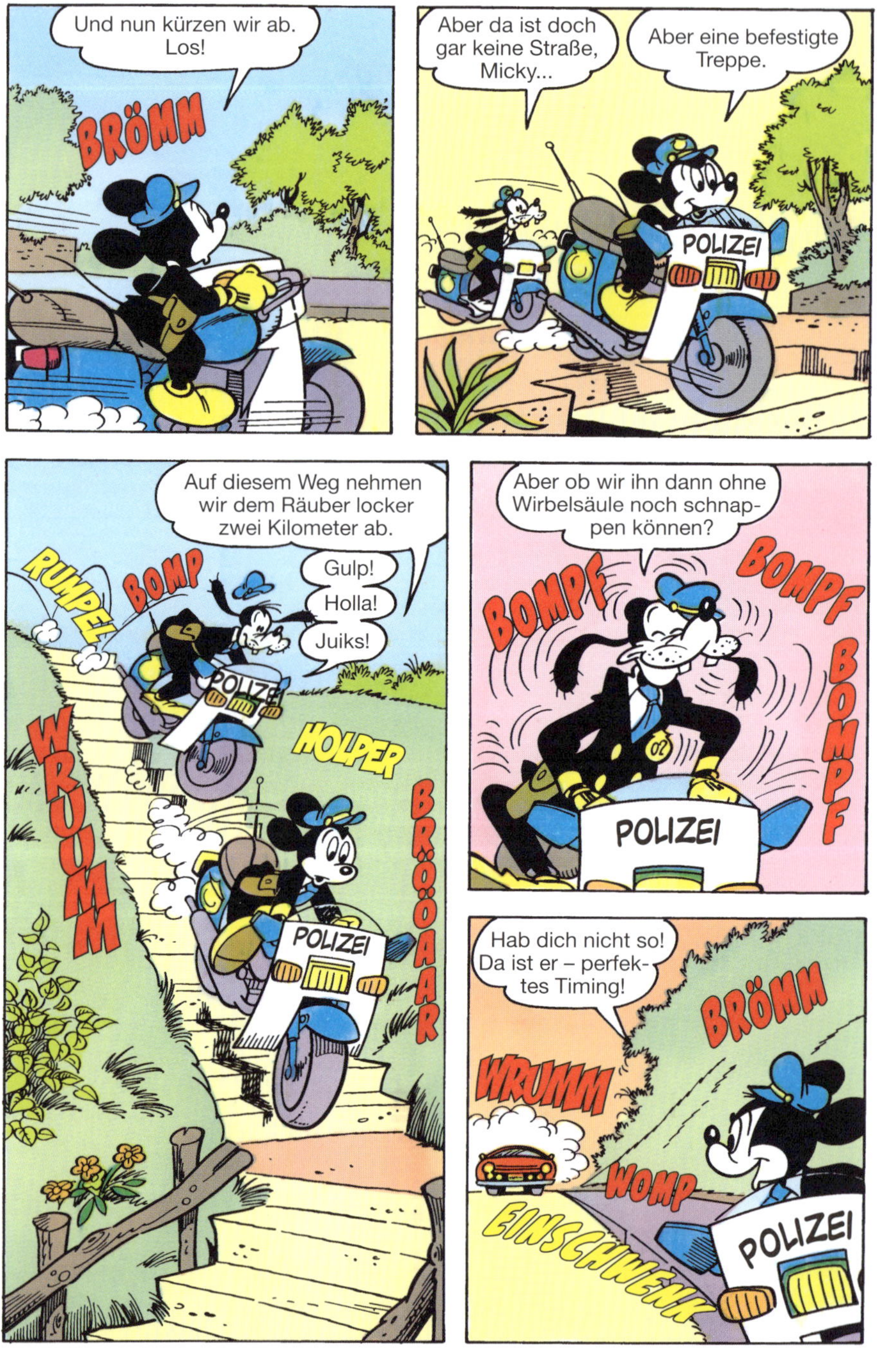

Und nun kürzen wir ab. Los!
BRÖMM
Aber da ist doch gar keine Straße, Micky...
Aber eine befestigte Treppe.
POLIZEI
Auf diesem Weg nehmen wir dem Räuber locker zwei Kilometer ab.
Gulp!
Holla!
Juiks!
RUMPEL
BOMP
WRUUMM
HOLPER
BRÖÖAAR
POLIZEI
POLIZEI
Aber ob wir ihn dann ohne Wirbelsäule noch schnappen können?
BOMPF
BOMPF
BOMPF
POLIZEI
Hab dich nicht so! Da ist er – perfektes Timing!
BRÖMM
WRUMM
WOMP
EINSCHWENK
POLIZEI

Ich k-k-k-kommeee!
BOMP
WOMP
Stopp! Polizei!
Anhalten!
SKRIETSCH
POLIZ
76515
Micky Maus?
Sie sind hiermit festgenommen!
VOLLBREMS
**Hrmpf!** Du hättest dich ja auch sofort zu erkennen geben können, Maus.
Dann hätte ich mich gleich ergeben. Weiß ja jeder, dass man gegen euch zwei nicht ankommt.
Hehe!
KLICK
Noch eine letzte Aufgabe für den Arbeitstag...
FLUGHAFEN
Wann genau landet die Dame denn?
Um sieben. Das müsste ihr Flieger sein.

Hach, Sheila Shy ist meine Lieblings-schauspielerin, dass ich die mal treffe...
Tja, die hat viele Fans. Und genau darum...
...möchte sie auch vor zu viel Zudringlichkeit beschützt werden.
Dann lassen wir sie mal nicht warten.
Guten Tag, Miss Shy!
Wir sind Ihr Personen-schutz.
Sie können komplett beruhigt sein.
Bislang scheint Sie niemand hier am Flughafen erkannt zu haben.
Sieht so aus, ja.
AUSGANG
Ich werde ja eigentlich un-aufhööörlich von Auto-grammjägern verfolgt.
Hmm...

**Sowie man mich erkennt, habe ich keinen Moment Ruhe!**
Pssst! Leise!
Hihi!
He, guck mal! Das ist Sheila Shy!
Hast recht, live und in Farbe!
AUSGANG
Miss Shy, kriege ich ein Autogramm?
Warum schreit sie so rum, wenn sie nicht erkannt werden will?
Weil sie erkannt werden will.
KLONK
Miss Shy? **Büüüttäää!**
Mit uns auch?
Machen Sie ein Selfie mit mir?
Wozu müsste man wohl sonst gut geschützt schnell wegkommen, wenn einem niemand was will?
1277
POLIZEI

Hach! Schon wieder erkannt und belagert. Seufz! Es ist wahrlich nicht leicht, ein Star zu sein.
WROMM
BRÖÖAR
1277
Wenig später...
OTEL
Danke für die Polizeieskorte, Jungs!
War uns Pflicht und...
...Vergnügen!
Aber nun sind wir mit den Aufgaben für heute durch, Goofy!
Jau! Was Minnie wohl Leckeres gekocht hat?
Ich bin auch schon gespannt und hungrig. He, was zum...?
RÖDEL SCHRADDEL
Können wir behilflich sein?
STOTTER
SPRÖTZ
98765

Könnte sein, Herr Wachtmeister. Meine Zündkerzen sind wohl hinüber.
Mal sehen.
KLÄNNG
Vielleicht sind sie ja nur verrußt.
Danke, Sie sind ein Schatz!
Keine große Sache. Müsste jetzt wieder anspringen.
Ähm...
...könnten Sie mir wohl auch gleich den Ölstand überprüfen?
Bitte?
Ist mit der Batterie alles okay?
Und mit dem Zündverteiler? Besser mal checken!
Schmieren Sie auch gleich noch die Stoßdämpfer?

Schließlich und endlich jedoch...
Tausend Dank!
Ja, und tausend Taler für den Service gespart...
WROMM
98765
Jetzt aber nichts wie ab zu Minnie! Komm!
Bin da! Und hungrig.
ZEI
Der Tisch ist gedeckt...
Na, ist das was, Männer?
Aber hallo! Ein richtiges Bankett!
Und wir werden es genießen, Minnie. Heute gab es bislang nur belegtes Brot.
02
Als Vorspeise gibt es Spargel mit Hollandaise.
Mjam!
Toll! Sieht echt lecker aus, Minnie.
Als nächsten Gang habe ich eine exquisite...
Oha!
BZZZZ

An alle Einheiten – höchste Priorität! Einbruch und schwerer Raub bei Juwelier Güldner!
BZZZ
Großalarm! Delikt möglicherweise noch im Gange!
Tja, dann müssen wir wohl auch los!
Tut uns leid, aber wir müssen da hin.
Ist unsere Pflicht, zumindest für heute.
Wie?
Ist eure Schicht nicht vorbei?
Schon, aber Ehrenpolizisten sind wir noch bis Mitternacht und...
...Großalarm heißt Einsatz für alle.
Aber euer Essen wird kalt!
POLIZEI
ZEI

Werden wir aufgewärmt genießen müssen. Wir sind so schnell wie möglich wieder da.
UUIIU UII
Hrmpf!
UUIIUUII
TAPP TAPP TAPP
Mickys Aufmerksamkeit bekommt man heutzutage offenbar nur, wenn man kriminell wird oder zumindest...
...gegen irgendein Gesetz verstößt. Na dann...
...nehme ich mal die Birnen aus den Lichtern, durchlöchere den Auspufftopf und mache dann eine Spritztour durch die Innenstadt.
Wollen mal sehen, wer dann wo auf wen wartet, hihi.
KRONK
DENGEL
SCHRAUB
ENDE

Unsere Bücher finden Sie im
Buch- und Fachhandel und auf

EGMONT Shop

www.egmont-shop.de

„Enthologien – Band 61: Halt, Polizei! – Dein Freund und Erpel“

Originalausgabe: „Lustiges Taschenbuch Spezial 108: Halt, Polizei!“

Übersetzungen: Gudrun Penndorf M. A. („Ein schlagender Beweis“, „Das Auge des Gesetzes wacht …“), Michael Bregel, Peter Daibenzeiher, Dr. Eckart Sackmann, Gudrun Smed-Puknatis u. a.



Erschienen in der
Egmont Comic Collection
verlegt durch Egmont Verlagsgesellschaften mbH,
Ritterstr. 26, 10969 Berlin

1. Auflage
Verantwortlicher Redakteur: Fabian Gross
Gestaltung: Wolfgang Berger
Koordination: Angelika Schönhuber
Printed in the EU
ISBN 978-3-7704-0954-9

**www.egmont-shop.de**
**www.egmont-comic-collection.de**
**www.lustiges-taschenbuch.de**
**@egmont_comic_collection**

story house
EGMONT

*Dieser Titel enthält negative Darstellungen und/oder eine nicht korrekte Behandlung von Menschen und Kulturen. Diese Stereotype waren damals falsch und sind es noch heute. Anstatt diese Inhalte zu entfernen, ist es uns wichtig, ihre schädlichen Auswirkungen aufzuzeigen, aus ihnen zu lernen und Unterhaltungen anzuregen, die es ermöglichen, eine integrativere gemeinsame Zukunft ohne Diskriminierung zu schaffen. Disney hat es sich zum Ziel gesetzt, Geschichten mit inspirierenden und zukunftsweisenden Botschaften zu erzählen, in denen die große Vielfalt der Menschen rund um den Globus berücksichtigt wird und niemand diskriminiert wird.*
*Um mehr darüber zu erfahren, wie sich Geschichten auf die Gesellschaft ausgewirkt haben, gehe auf: www.Disney.com/StoriesMatter*

Die Egmont Verlagsgesellschaften gehören als Teil der Egmont-Gruppe zur **Egmont Foundation** – einer gemeinnützigen Stiftung, deren Ziel es ist, die sozialen, kulturellen und gesundheitlichen Lebensumstände von Kindern und Jugendlichen zu verbessern. Weitere ausführliche Informationen zur Egmont Foundation unter **www.egmont.com**